MW01700226

RELATOS ENTRECRUZADOS

Compilado por Ramón Sepúlveda

Canadá 2020

Art and Literature Mapalé & Publishing Inc.

RELATOS ENTRECRUZADOS

Compilado por Ramón Sepúlveda

AUTORES

Alejandro Saravia
Alma Mancilla
Andrea Ávila
Andrés Vinueza Sánchez
Ángel Mota Berriozábal
Angelina Peraza
Antolina Ortiz
Aspasia Worlitzky
Brandon Jiménez
Camila Reimers
Carlos Andrés Torres
Carlos Somocurcio
Carmen Rodríguez
Cristián Rosemary del Pedregal
Dalia Mendoza
Daniel Frini
David Hoyos García
Diana Rosa Pérez Castellanos
Diego Creimer
Esmeralda Beltrán
Esperanza Garrido
Felipe Quetzalcoatl Quintanilla
Gabriela Etcheverry
Gerardo Barajas-Garrido
German Rodríguez
Gloria Macher
Gloria Matilde Orrego Q.
Guillermo Rose
Hugo P. Briones
Iván Medina Castro
Jhonatan Salazar Achig
J.J Liranzo
Jocy Medina
Jorge Carrigan
Jorge Etcheverry
José Campione-Piccardo
José Del Pozo
Juan Miranda Sánchez
Julio Torres-Recinos
Kalton Bruhl
Laury Leite
Luciana Erregue-Sacchi
Luis Molina Lora
Marcelo Donato
Marco Silva
Maria Adelaida Escobar Trujillo
María Elena Lorenzin
María José Giménez Micó
María Laura Burattini
María Murray
Marianne Locht
Martha Bátiz
Mirta Casañas
Nando Moreno
Patricia Morales Betancourt
Ramón Fexas
Ricardo G. Tovark
Roxana Orué
Yannis Lobaina
Zeyda R. Santana.

Art and Literature Mapalé & Publishing Inc.

Copyright © 2020 by Art and Literature Mapalé & Publishing Inc.
Copyright © 2020 by Ramón Sepúlveda, anthologist
Copyright © 2020 by Alejandro Saravia, Alma Mancilla, Andrea Ávila, Andrés Vinueza Sánchez, Ángel Mota Berriozábal, Angelina Peraza, Antolina Ortiz, Aspasia Worlitzky, Brandon Jiménez, Camila Reimers, Carlos Andrés Torres, Carlos Somocurcio, Carmen Rodríguez, Cristián Rosemary del Pedregal, Dalia Mendoza, Daniel Frini, David Hoyos García, Diana Rosa Pérez Castellanos, Diego Creimer, Esmeralda Beltrán, Esperanza Garrido, Felipe Quetzalcoatl Quintanilla, Gabriela Etcheverry, Gerardo Barajas-Garrido, German Rodríguez, Gloria Macher, Gloria Matilde Orrego Q., Guillermo Rose, Hugo P. Briones, Iván Medina Castro, Jhonatan Salazar Achig, J.J Liranzo, Jocy Medina, Jorge Carrigan, Jorge Etcheverry, José Campione-Piccardo, José Del Pozo, Juan Miranda Sánchez, Julio Torres-Recinos, Kalton Bruhl, Laury Leite, Luciana Erregue-Sacchi, Luis Molina Lora, Marcelo Donato, Marco Silva, Maria Adelaida Escobar Trujillo, María Elena Lorenzin, María José Giménez Micó, María Laura Burattini, María Murray, Marianne Locht, Martha Bátiz, Mirta Casañas, Nando Moreno, Patricia Morales Betancourt, Ramón Fexas, Ricardo G. Tovark, Roxana Orué, Yannis Lobaina and Zeyda R. Santana.

Library and Archives Canada Cataloguing in Publication

Title: Relatos entrecruzados / compilado por Ramón Sepúlveda.
Names: Sepúlveda, Ramón, 1951- compiler.
Identifiers: Canadiana 20200198270 | ISBN 9781988691244 (softcover)
Subjects: CSH: Short stories, Canadian (Spanish) | CSH: Canadian fiction (Spanish)
Classification: LCC PS8331.S62 R45 2020 | DDC C863/.0108—dc23

Book design by Silvia Alfaro, the work of the cover has been done with an image purchased from 123RF©

All rights reserved. No part of this book may be reproduced in any form or by any electronic or mechanical means, including information storage and retrieval systems, without permission in writing from the copyright holders.

www.EditorialMapale.com

CONTENIDO

AUTORES LATINOAMERICANOS NO CANADIENSES

PRÓLOGO

Tenemos el agrado de presentar esta antología de 70 relatos breves, seleccionados entre 124 recibidos en respuesta a la convocatoria de la Editorial Mapalé de Ottawa a escritores hispanocanadienses.

Cuando comenzamos este proyecto, contamos con la participación de Lizandro Arbolay, quien trabajó arduamente en la primera selección de los relatos recibidos. Agradecemos su valiosa colaboración, la que nos permitió ir perfilando el contenido parcial de esta antología.

Hoy vivimos en un mundo que se dice y se siente "loco" debido a la rapidez de las comunicaciones en las redes sociales y otras formas de alta tecnología. Todo se mueve a una velocidad vertiginosa. Es así que tendemos a favorecer la economía de palabras para hacer narraciones ágiles y sucintas, y para que su difusión crezca entre los lectores. De esta manera hemos concebido esta antología, considerando además que la minificción ha existido siempre, y que no estamos hablando necesariamente de algo nuevo, sino más bien de una marcada tendencia en producción literaria.

Los escritos en esta antología provienen de autores en su mayoría residentes en Canadá, país en que existe una extensa comunidad hispanohablante que produce literatura en español, en donde progresivamente vienen surgiendo textos de corta extensión y que reclaman su merecido espacio en este género literario.

Hemos descubierto, a través de la lectura de estos relatos, que respetando las diferentes voces y estilos entre ellos, hay una conexión importante, como bien lo grafica la portada de este libro: las entrecruzadas vigas y columnas de una estructura magnífica cuya primera impresión es que cada uno de estos relatos es una parte estructural importante en el universo literario. En un segundo nivel, es un encuentro con otras culturas, desde una diversa literatura latinoamericana con la elusiva y multicultural literatura canadiense, y en la que habría elementos comunes de acercamiento.

Queremos destacar el hecho de que la extensión de los trabajos que conforman esta antología es mínimo 200 y máximo 500 palabras.

Existen discrepancias entre los expertos en cuanto a la extensión que debe contener un microrrelato. Por esta razón, como homenaje a los relatos de solo dos o tres frases, hemos incluido dos microrrelatos, uno de 24 y el otro de 39 palabras, de la escritora Carmen Rodríguez, los cuales tienen indiscutiblemente mucho valor literario y nos ayudan a ilustrar las distintas extensiones que puede tener un microrrelato.

Una buena descripción al respecto nos la da Ramón Alcaraz:
«Relato: narración de extensión breve que muestra un suceso, y que no se sale de la idea que ha generado la historia, con una estructura de planteamiento (ocurre algo que es habitual), nudo o conflicto (algo se sale de lo habitual) y final o desenlace. Sería como una única foto que nos muestra un único instante o suceso.

Microrrelato: narración de extensión muy breve, mínima, en donde la idea se resuelve con mucha rapidez. La estructura de planteamiento, nudo y desenlace une sus tres partes y los plantea y resuelve al mismo tiempo; a veces en forma de "juego" o de curiosidad para el lector. Sería como un destello, un fogonazo, el *flash* de una foto que nos impacta en un momento, a veces incluso sin precisar un suceso».

En el mismo escrito, Alcaraz nos recuerda que Julio Cortázar decía que un relato es como una fotografía, de la cual no nos salimos; y que en cuanto intentábamos mostrar más de una foto a la vez, ya no era un relato.

Los escritos en *Relatos Entrecruzados* abarcan diversos temas:
–Memorias del país de origen: «...Buenos Aires es una ciudad enteramente erigida sobre cielos, vidas pasadas y culpas...» *Hay cielos que matan*, Luciana Erregue-Sacchi, p. 55.
–Acontecimientos actuales alrededor del mundo: «...El domingo, mil millones nos revelamos: bailamos, bebimos, cogimos, pintamos con colores chillones, hablamos en lenguas prohibidas...» *Ladrones de bicicletas*, Diego Creimer, p. 11.
–Historias de amor: «...Creí percibir un movimiento en tus labios pero quizás me equivoqué. ¿Cómo saber? Si el deseo se mezcla con la percepción y...» *El Once*, Marcelo Donato, p. 93.
–Historias de viaje: «...Igual que entonces, viajé al hotel con ella en el taxi, y al llegar frente a la puerta del cuarto, la levanté en vilo y la entré en brazos...» *Preguntas al azar*, José Campione-Piccardo, p. 61.

–Experiencias de aculturación: «…No tardó mucho Miguel en adaptarse al clima canadiense, y a los, para nosotros entonces, extraños rituales, como el retirarse el calzado al entrar a las casas…» *Caliente, caliente*, Ramón Fexas, p. 85.
–La muerte es un tema recurrente: «…El dedo detonó el percutor cuando la sabandija recitaba la décima promesa: acabar con la corrupción que nos tiene al borde del abismo...» *El elefante,* Luis Molina, p. 13; o «... y ya la tumba estuvo cerrada para la eternidad, Lucas cumplió la única promesa que le había hecho a ella: rezó el Padre Nuestro...» *Lucas, ella, la muerte y Dios*, Diana R. Pérez C. p. 27.
–Y por supuesto están aquellos relatos que exaltan la vida y la inocencia: «...esta vez también salieron otros niños y ahora podía compartir la alegría de saltar en los charcos...» *Los charcos*, Esmeralda Beltrán p. 29; o «...Yo también sonreí con muchísima felicidad. Fue el comienzo de un verano realmente extraordinario para mí...» *Dos palabras*, Guillermo Rose p. 65.

Es así que presentamos a usted a sesenta escritores y setenta historias expresadas con la fuerza que tiene el relato corto.

Esperamos que disfrute de ellos.

Ramón Sepúlveda
Abril 2020

LADRONES DE BICICLETAS

El lunes nos despertamos con la noticia de que la música gitana había sido prohibida, por su rebeldía.

El martes nos despertamos con la noticia de que la danza flamenca ya era ilegal, por su exceso de sensualidad.

El miércoles nos despertamos con la noticia de que la pintura antillesa había sido retirada de los museos, por su exceso de verdad.

El jueves por la mañana nos entristeció enterarnos de que los libros de poesía árabe serían destruidos, por su insolencia.

El viernes fue un día sombrío: las películas del neorrealismo italiano ya eran sólo cenizas.

El sábado terminaron de demoler las esculturas de todo el mundo, para construir con sus restos nuevos muros.

El domingo, mil millones nos rebelamos: bailamos, bebimos, cogimos, pintamos con colores chillones, hablamos en lenguas prohibidas, y como olvidamos las reglas más básicas de la vida en sociedad, robamos muchas, muchas bicicletas sin soltar ni una sola lágrima.

El lunes siguiente nos encerraron y nos prometieron un castigo ejemplar.

«En nombre de la mayoría», dijeron.

Diego Creimer

CELEBRACIÓN

Ramón se preguntó el porqué había acudido a la cita a sabiendas de que comería solo... respiró hondo y apagó el puro. Este sencillo gesto lo llevó en un instante a sus veinte años.

Fumaba también aquella tarde nublada y fría, el muchacho que le seguía en la fila le había ofrecido un cigarrillo para calmar los nervios; una vez en el barco habrían dejado atrás la guerra y las angustias. Entonces fumaba con el pecho agitado y los ojos clavados tan pronto en el bendito trasatlántico como en la interminable hilera humana que lo separaba de él: uno, dos, tres, veinte, ochenta, noventa, noventa y nueve ¡cien! se le cerró la garganta a la par que la barrera a sus espaldas.

No pudo controlar las lágrimas que borraron por unos instantes los rostros dolientes de quienes quedaron en el muelle.

Sintió la mirada penetrante y desesperada de aquel muchacho pálido, al borde del desmayo. Junto con el cigarrillo le había dado su nombre: Raúl.

El barco estaba a punto de zarpar, Ramón no pudo más y gritó a aquel muchacho desconocido:

—¡Salta!

—¿Salto?

—¡Salta, salta!

Todo sucedió en un momento: el brinco, las manos que resbalaban del barandal, el esfuerzo sobrehumano de sostener y jalar al otro, el revuelo.

El capitán estuvo cerca de hacerlos volver a tierra.

—¿Otra boca? imposible.

Ramón ofreció entonces ceder al desconocido la mitad de su ración.

Al correr los años los dos hicieron «la América» además de una amistad entrañable, la misma que celebraban de un modo especial cada 28 de noviembre, aniversario de aquel salto; siempre en el mismo lugar y siempre con una espléndida comida con la que Raúl le agradecía la infinita generosidad de su media ración durante aquel viaje memorable.

Siempre, hasta aquella tarde en la que Ramón apagó el puro, respiró hondo y con paso incierto, a pesar de su bastón, lagrimeando un poco salió del restaurante.

Esperanza Garrido

EL ELEFANTE

Dio un paso largo al frente para evitar el hueco profético en el tablado. Levantó la mano y dejó salir un grito de guerra. La multitud reaccionó dentro de los parámetros. El político elocuente pinchó con el dedo cada uno de aquellos corazones con una serie magistral de movimientos acompasados de conjuros lingüísticos efectivos, aunque de bajo nivel. Habló de casas propias y de educación gratuita. Para cuando quiso mencionar la remodelación del puente, la multitud le pertenecía por completo. Y ello, a pesar de que cuatro años atrás el mismo alacrán con nombre distinto poco le había faltado para prometer la pavimentación de la ruta al cielo. A cuatrocientos metros de distancia, en la torre de la iglesia, detrás de un ventanuco opaco de borde oxidado, el ojo de un rifle se asomaba persiguiendo la cruz en un corazón escondido. Era un tiro fácil, demasiado cómodo para no ser cubierto por el esquema de seguridad. El dedo detonó el percutor cuando la sabandija recitaba la décima promesa: acabar con la corrupción que nos tiene al borde del abismo. Lo dijo con pasión afectada como lo haría el mentiroso que se enoja con quien lo ha pillado infraganti. La bala se desprendió del sonido y atravesó media plaza sin que la multitud alborozada alcanzara a sospechar que el burro caería en un instante. Este levanta las manos con los puños cerrados, menciona la palabra corrupción con voz seca y palpitante, da un paso atrás porque quiere repetir la palabreja al descubrir que la multitud reacciona mejor de lo esperado ante aquella ofrenda. El tacón de madera se ha quedado atascado en el tablado, la sanguijuela, trastabillando, da dos pasos al costado en el instante mismo que la bala se incrusta en el pedestal. La multitud confunde la detonación con los cohetes y las serpentinas. El animal, habiendo dominado la masa hirviente, no hace lo mismo con su cuerpo. Se encuentra al borde de la tarima y descubre que hay pocas esperanzas de que pueda retomar el control del horizonte, la caída es inminente. Decide lanzarse para que la fanaticada lo envuelva con las manos y lo reintegre al podio como suelen hacer los entusiastas con sus ídolos musicales. Sueña con ello menos de lo que demora la bala en encontrar el final del nicho en el concreto. La multitud, sin embargo, al ver venir a ese sujeto inalcanzable, rechoncho de una glotonería no satisfecha, se abre a sus pies, y ya no valen los manoteos para agarrarse del aire, ni de los cabellos reventados de los votantes o de sus ropas raídas.

Luis Molina Lora

TALENTO

Espero que para nadie sea un secreto que en algún lugar del planeta existe un territorio, no muy amplio, por cierto, habitado por seres humanos que poseen algún talento; rara cualidad, si tenemos en cuenta que allí todos, sin excepción, poseen alguno.

En ese pueblo, se sabe, no hay psicólogos, ni prostitutas, ni sacerdotes; y a pesar del altísimo desarrollo industrial alcanzado, no fabrican proyectiles para sus armas de fuego. No existen la discreción, el orgullo ni el correo certificado, y a los novelistas que se dedican a la ciencia-ficción se les llama escritores satíricos.

Pero lo más curioso es que en esa tierra no mueren las personas sino el talento. Cuando esto ocurre, el desgraciado que sufre la pérdida llora desconsolado durante siete días con sus noches, es compadecido por sus coterráneos y luego se aleja rumbo al resto del mundo.

Jorge Carrigan

NÚMEROS

Los números arábigos invadieron occidente hace mucho, pero mucho tiempo, y se han impuesto en el mundo por encima de los romanos, que tuvieron su gloria y luego su decadencia como todos sabemos.

Lo que contaré aquí sucedió antes.

Hablaré de los tiempos en que todos los arábigos tenían el mismo valor. Seguramente muchas personas no saben que en cierto periodo de la historia estos números fueron seres vivos. Pues así fue: Vivían felices los números, pero un aciago día decidieron habitar entre los humanos. Hicieron venir entonces a la que ha sido, desde tiempos inmemoriales, el hada madrina de los números. «Concedido —dijo el hada». Y a partir de ese momento se pudo ver, en cualquier calle de la ciudad, al delgado 1, el estilizado 2, el inteligente 9 o el regordete 8 pasear junto a sus demás hermanos.

Lo demás ocurrió algún tiempo después.

Fue cuando surgieron, primero muy esporádicamente y luego con mayor asiduidad, comentarios de que según las apariencias había un número que era inferior a los demás... que este era superior a aquel... que había uno que parecía ser mayor que su predecesor... y así hasta el infausto día en que los números comenzaron a hacer caso a la gente. Se separaron entonces y se fueron a vivir cada cual de acuerdo a las categorías que los humanos les habían otorgado.

Enseguida se enteró el hada madrina de lo que estaba ocurriendo, voló inmediatamente a la ciudad y, como suele suceder en este tipo de historias, deshizo el encanto. De manera que hizo regresar a los arábigos a su antigua condición de números, pero como castigo les mantuvo la desigualdad que habían adquirido en su paso por la humanidad. En cuanto a las personas, culpables del conflicto, el hada las condenó a aprender de memoria, generación tras generación, las diferencias entre los números que ellos mismos habían inventado. Quedaron excluidos de aquel maleficio solamente los locos, los borrachos y los niños quienes aún, en la actualidad, confunden los números con frecuencia.

Jorge Carrigan

COMIENDO CON UN AMIGO

En la madrugada, o tarde en la noche, doy de comer a un cadáver en la cocina. Sentado a la mesa, lo mira todo con sus pupilas de carbón. Tiene las manos ardiendo, pero ya no le importa, mientras come despacio higos de carmín.

Lo miro tomar un café, leer las noticias. Quizá se acuerda de alguien, afuera, en ese mundo que ya no le toca, que es apenas un rumor de pasos que se alejan por las calles de Montreal. El cadáver mastica despacio una piedra, escuchando una música de pedernal y hueso, una lluvia distante en la oscuridad, afuera.

El cadáver también sabe que alimentar un cadáver es un ejercicio retórico, un oxímoron. Es una danza de células que se aman y se matan, un deglutir arenas ácidas que se acumulan entre los dientes, en los intestinos. El cuerpo lo sabe.

El cadáver hace el gesto de querer morder un pedazo de pan, sabiendo que también hay otra boca que se abre. Una boca de tierra y ceniza que devora sin pausa los relojes, las sillas, los tejados de las casas. Sus gastadas muelas crujen como si estuviera masticando almendras mientras la boca inmensa, la otra, se llena de huesos y diccionarios.

Alejandro Saravia

DESDE OTRO ÁNGULO

El oso estaba echado de lado, pensativo. Junto a él un zorro otrora rojo, ahora desteñido por los años y el polvo, descansaba cabizbajo. La ceniza cubría hasta el último rincón del cuarto: el suelo hendido, los libreros derrumbados, las paredes de adobe y el lecho que alguna vez arropara el sueño joven de un niño. También el silencio parecía estar cubierto por la ceniza; un silencio singular como esos que bajan del tragaluz en forma de rayo de sol pero sin ruido de pájaros, sin voz.

Los peluches no estaban tristes, pero evitaban mirarse. De momento, la introspección los protegía del trauma post bélico. El oso respiraba con lentitud. Una nubecita polvorienta flotaba delante de su hocico. Intentó limpiarse la cara con una pezuña igual de polvorienta. Se volvió hacia el zorro: «Hay demasiado silencio». Este bajó la cabeza, sin responder. «¿Sobreviviremos?» —insistió el oso. El zorro le devolvió una mirada áspera desde sus dos ojillos brillantes. «Ya lo hemos hecho» —dijo— y de un golpe se sacudió el polvo. Dejaron de mirarse.

El oso se acercó a la cuna del bebé y trepó. Ahora era fácil alcanzar el lecho inclinado, destrozado a medias. Se tumbó boca arriba entre las sábanas, miró al techo con ojos muy abiertos y suspiró: «Siempre quise ver el mundo desde este ángulo, pero no hubo tiempo».

El techo roto dejaba ver un trozo azul, un pedazo de cielo. El oso se durmió mirándolo.

Zeyda R. Santana

EL ÁNGEL DE LA CALLE HASTINGS

Esa calle principal es como un gran río, la fuerza de su corriente arrastra hacia abajo a todas las criaturas. Algunas luchan contra ella, río arriba.

A sus costados una serie de arterias alimentan el gran río, calles tributarias y algunos meandros donde guarecen las especies más feroces.

La calle Hastings, en pleno centro de Vancouver, el puerto principal del Pacífico canadiense. La puerta de entrada del comercio asiático y de los estupefacientes de ese lado del mundo, el receptáculo de la heroína y otras drogas duras.

Hastings Street, la inmensa calle de almas atormentadas, el norte de los que deambulan sin norte.

Allí se concentran los restos del primer mundo, alcohólicos, drogadictos, toda suerte de atormentados por la soledad y el desamparo, todos aquellos que quedaron fuera de la «cultura del éxito».

Toda sociedad «desarrollada» tiene su calle Hastings, un río donde van a parar los deshechos de un mundo cada vez más egoísta.

Ese río continúa incrementando su caudal.

En una de aquellas entradas del río la vi. Larga como una columna de humo muy blanca, casi transparente, de enormes ojos tristes, azules sin brillo, más tristes a cada esfuerzo de su sonrisa sin sentido. Enormes ojos tristes que si ella se hubiera puesto a llorar, yo habría tenido que recibir sus lágrimas con las manos juntas, como en una súplica. El ángel de la calle Hastings casi saliendo de la adolescencia pero entrando definitivamente a un hotel, indescifrable su camino sobre las largas piernas picoteadas de agujeros y las rodillas enrojecidas, visible signo de genuflexión, hincada doblemente: sobre el pavimento y bajo la indolencia de la hipodérmica.

El ángel de la calle Hastings de alas tristes e inútiles, incapaz ya de levantar el vuelo.

Juan Miranda Sánchez

EL ÉMULO SOLITARIO

Este era un hombre solitario que se empeñaba en colocar su cabeza en ese objeto blando de su creación, justo en el centro, a unos 40 centímetros de cada lado de la cama. Era sobre este objeto llamado almohada donde por las noches exprimía el sudor de sus fobias y la angustia de sus más recónditos miedos.

Las acciones sistemáticas de este hombre empecinado en llegar a ser un inventor hecho a la justa medida de sus expectativas y obsesionado en medir y calcular hasta lograr la exacta proporción de los objetos que creaba, eran observadas cada día por un vecino que vivía en el edificio de enfrente.

El vecino creía verlo interpretar el llamado del designio o las llamadas coincidencias con obtusa actitud. El hombre se tapaba los oídos al mismo tiempo que sus ojos restringían ocultos pensamientos y dejaban caer sus párpados, quizás para cerrar una etapa de su vida. Al vecino no le importaba esto porque le fascinaban otros comportamientos de él, por ejemplo, cuando se encontraba con algún conocido en la calle. El hombre aparentaba escuchar con interés y tomaba siempre la posición más cómoda del indiferente individualista que empezaba la corta conversación hablando sobre el anodino tema del clima. Este detalle hacía que el vecino lo admirara aún más por su hermetismo, su aparente equilibrio y su control.

La observación diaria durante años determinó el destino del vecino, sus acciones se volvieron las mismas del observado y sus mentes se fueron estrechando cada vez más hasta que llegó el día cuando a la misma hora ambos cerraron para siempre sus «párpados pesados como juicios».

El hombre y el vecino no llegaron a conocerse y los vecinos de estos dos hombres solitarios nunca se enteraron de esta pequeña, pero significativa coincidencia de un imperante individualismo y de una creciente soledad.

Dalia Mendoza Limón

EL PASO

Me fui a Buenos Aires después de mi marido, atravesé la frontera que me unía a las quebradas argentinas en un autobús pequeño de color naranja (liebre lo llamábamos), que se detuvo bruscamente en la intersección de dos cerros.

Iba sentada entre el pasillo y un señor enjuto que no hablaba y parecía no respirar. Muy pronto me dí cuenta que todos los pasajeros venían igual, susurraban a veces pero solo si llevaban chiquillos y para decirles que se callaran. El resto no cruzaba miradas, se iban yendo con sus bolsos oscuros y maletas de cuero añejo cubiertas de etiquetas.

Nada parecía tener color en aquella soledad poblada. Delante, la nuca de una señora entrada en años, con dos críos. Es todo lo que recuerdo, es lo que mi mente se esfuerza en conservar.

La liebre se detuvo y nos ordenaron bajar. Lo hicimos acarreando el mismo sigilo del trayecto, las mismas escasas conversaciones sobre los escollos del camino, las ramas perturbadoras, el frío. Nos pusimos en una fila larga, espesa, algunos con paquetes en los brazos. El señor enjuto no soltaba el suyo, ni para descansar depositándolo en el suelo, creo que le daba seguridad. Todos con la pavura amarrada a la garganta.

Ya ni siquiera las voces en susurro tenían lugar, los niños no preguntaban nada, la señora canosa sonreía al viento. Avanzábamos lentamente hasta una salita en donde había una mesa con una silla y un joven moreno sentado escribiendo, sin inmutarse por nada, tan solo escribiendo o buscando algo en una lista interminable de nombres ajenos.

Detrás de su silla tres militares también jóvenes llevaban ametralladoras y hacían signo con el arma a los que les iba tocando declarar, hacia la izquierda o hacia la derecha. Luego uno de ellos acompañaba al susodicho a su destino que era la liebre o el muro detrás. Yo no lo sabía al comienzo pero no quería que me llevaran por aquel pasillo que parecía desembocar en la dirección opuesta de donde habíamos llegado.

Aspasia Worlitzky

PLUMAS DE QUETZAL

Dicen que fue un holandés que andaba de paso en Chile. Las mujeres hablaban de una boca que se abría jugosa en una sonrisa de dientes impecables que le iluminaba el rostro entero, pero ninguna sintió el roce de esos labios porque lo que él buscaba eran jovencitos. Mientras más incautos mejor. Vicuña estaba entre los puntos turísticos de la larga y angosta faja y el destello de esos ojos que centelleaban en todas las luminosidades verde-azules del quetzal se hundió en la negrura de tus ojos nortinos. No sabías tú que la muerte venía en esos reflejos. «Léeme, que todo me cansa», me dijiste poniendo en mis manos *Adiós mariquita linda*. ¿Cuántas veces había mirado yo el dibujo de la portada sin entenderlo? Te miro a ti y me doy cuenta que no es la fuerza de la pasión lo que exuda la cara de Pedro en la portada, sino rabia contenida y orgullosa. El cóndor que abre sus alas negras para darle cejas al estilo Frida Khalo es el sello del águila-vampiro que tú también llevas incrustado en la frente. «Prométeme que vas a ir…», me ruega. «Quiero que veas dónde y cómo mueren los enfermos de SIDA en esta ciudad, abandonados de familiares y amigos». «Tranquilízate», le digo, «déjame leerte un poco más», pero es tanto lo que tiene que decir y tan poco el tiempo que le queda que vuelvo a cerrar el libro. «Lo mató la belleza» quiero que diga mi epitafio. Trato de aliviar su mente recordándole lo bien que lo pasamos en mi primera visita a Iquique, caminando, conversando, tomando helados, sin saber que ya la vida se le había ido. «Hiciste un desfile de modelos solo para mí, príncipe moro de grandes ojos pestañudos y piernas largas. Tus pijamas fueron pantalones de seda y mi bufanda hindú el turbante que te cubría la mitad del pecho desnudo después de haberse enrollado en tu cabeza de poeta. Eres un sol, sobrino mío y te amo». «Llámame Luna, también te amo». Y nos fuimos a dormir lado a lado escuchando cómo saltaba el mar espumoso al chocar con los peñascos.

Gabriela Etcheverry

MI PADRE, ESE HOMBRE QUE ME ENSEÑÓ A LEER

Mi padre nunca fue muy cariñoso, ni muy hablador, pero me enseñó a leer.

Cuando era pequeña, no me leía cuentos antes de dormir, pero me contaba el cuento de un indio que cabalgaba por la pradera en su caballo, atravesaba desiertos y cruzaba ríos pero no parecía llegar a ninguna parte, aunque mi padre siempre prometía terminar el cuento al día siguiente. Al cabo del tiempo empecé a sospechar que no sabía cómo acabar el cuento.

Cuando ya no necesitaba que me contara el cuento del indio para dormir, íbamos juntos a una librería de viejo donde alquilaba novelas de vaqueros para él y tebeos para mí. Íbamos todos los lunes, su día de descanso y era un momento especial porque tenía a mi padre para mí sola. No recuerdo que habláramos en el camino, yo tampoco era muy habladora en aquellos tiempos, pero estaba ahí, junto a mí y me sentía especial. Nunca entendí por qué no venía mi hermano con nosotros porque él también era un gran lector, pero siempre agradecí interiormente que no nos acompañara.

Yo, que solo conocía mi casa, las tiendas del barrio y el cine al que íbamos en familia de vez en cuando, siempre de la mano de mi madre, me parecía que aquel lugar lleno de libros, estaba muy lejos, y que aquella expedición, en la que al principio solo podía elegir un tebeo por semana, era toda una aventura.

Leí tebeos llenos de guerreros: Roberto Alcázar y Pedrín, El guerrero del antifaz, El Capitán Trueno… y ¿cómo no? Mortadelo y Filemón o Anacleto, mientras mi padre devoraba las novelas de Marcial Lafuente Estefanía, donde al cabo del tiempo sospeché que había encontrado la inspiración para su indio errante.

Leí alguna novela de Corín Tellado, que no me gustó, e intenté leer las novelas que leía mi padre pero él se opuso alegando que no iban a gustarme, por lo que desistí. Leí a los clásicos de manera desordenada y sigo leyendo todo lo que cae en mis manos para por fin comprender por qué el indio trotaba por la pradera, atravesaba desiertos y cruzaba ríos sin llegar nunca a ninguna parte.

María José Giménez Micó

ENTRE EL LICANCABUR Y EL QUIMAL

Antes de partir me lo habían advertido: si vas una vez, siempre vas a desear volver. De naturaleza rebelde, no hice caso al augurio y llegué a mi destino en un bus que me llevó de Calama a San Pedro de Atacama. Sorprendida al ver que la calle principal no estaba pavimentada, empecé a recorrer sus veredas de tierra de inmediato, cruzando de una acera a otra para evitar un chaparrón cuando alguien sin avisar: «¡Agua va!», rociaba la entrada de una tienda para calmar la polvareda.

Entre tejidos de lana de llama y vicuña, helados artesanales y joyas hechas a mano, me sorprendió ver una librería ofreciendo libros publicados en la localidad. Cuando pregunté dónde se encontraba la editorial me respondieron que cerquita; podía tomar un taxi y llegar en quince minutos. Como buena amante de los libros, no pude resistir la tentación y partí a la calle Volcán Lascar para encontrarme con Ediciones del Desierto.

Una vez instalada en el jardín donde los visitantes podíamos hojear los libros que nos llamaban la atención, mientras la hija del dueño jugaba con sus muñecas y yo degustaba un sabroso café, aprendí que estábamos entre los cerros Licancabur y Quimal. Cuenta la leyenda que hace mucho tiempo sucedió una historia de amor entre dos jóvenes que llevaban esos nombres. Ellos pasaban cada tarde sentados al borde del salar para jurarse amor eterno mientras veían la puesta de sol. Como en toda leyenda que se respete, apareció Lascar (el malo de la película), que al no poder aspirar al amor de Quimal creó discordia; y fue así como nacieron estos cerros condenados a verse pero imposibilitados de tocarse. Sin embargo, dos veces al año en febrero y agosto, los amantes vuelven a encontrarse cuando la sombra del Licancabur acaricia a su amada Quimal. Por su parte, el volcán Lascar escupe fuego y humo, logrando así asustar a los lugareños.

Yo quedé atrapada entre todos ellos. Sé que debo regresar a la calle Volcán Lascar pues me enamoré de la librería más alejada del planeta y no voy a descansar hasta volver a sentarme en el banco de piedra donde los lectores podemos disfrutar los libros que allí tienen.

Camila Reimers

LIRIOS

El teléfono suena:

—Buenos días, floristería «Lirios en lo alto», ¿en qué le puedo servir?

—¡Aló! Buenos días señor, soy la señora, yo dejé mi paraguas en la tienda, de casualidad usted lo encontró?

—¿Perdón señora?

—Si mire, yo soy la señora Koham. Compré unos lirios para un funeral, dejé el paraguas en el mostrador y lo necesito para ir al funeral. ¿Usted lo encontró? Es negro y tiene un...

—Si señora, yo lo encontré, pero dígame, ¿cómo supo que fui yo quien lo encontró?

—Se me perdió justamente para que usted lo encontrara, y ahora lo necesito devuelta. ¿Me lo puede traer? Lo voy a esperar en mi apartamento, esta noche a las ocho. Muchas gracias.

Suena el timbre.

—Usted llegó tarde, llevo quince minutos esperándolo... al paraguas por supuesto.

—Lo siento señora Koham. Aquí está su paraguas.

Ella lo recibe, y sus manos se tocan. Él la mira firmemente a los ojos. Piensa.

—Y ahora, ¿qué espera?, pase. Siéntese. ¿Qué quiere tomar? Tengo agua, o si quiere algo más fuerte... dígame, ¿en los funerales se sirven bebidas fuertes?

—Supongo que... sí, señora Koham.

Él observa el apartamento, se sienta en el sofá que está justo al lado de la ventana que está abierta y desde donde se ve el vacío. En el medio de la sala hay una mesita que tiene sobre sí los lirios que la señora había comprado. El viento que entra por la ventana los mueve. Al lado de las flores una pequeña nota que no se alcanza a leer desde el sofá.

—Aquí tiene su fernet.

La señora Koham se sienta a su lado. Él, mostrándose ingenuo y cuidadoso, ya había pensado en lo que podría pasar en el apartamento de la señora Koham. Ella lo mira firmemente a los ojos. Él también (él siente deseo). Quiere darle un beso, pero ella se levanta y le dice que no es posible. Toma el paraguas, lo abre y se lanza por la ventana.

Él no lo puede creer. Observa el cuerpo que yace al fondo, se manda la mano al corazón, se termina su fernet y en medio del desespero, lee la pequeña nota en la mesita:

«Que la paz acompañe a la señora Koham».

David Hoyos García

DE VUELTA A LA UNIVERSIDAD

Una de mis metas fijadas en el año nuevo fue terminar el programa de Administración de Empresas que había iniciado ya hace casi dos años en la Universidad McMaster; con la diferencia que esta vez, en lugar de registrarme *on line* como en veces anteriores decidí hacerlo en persona, para lo que tenía que ir al campus principal de la universidad.

El impactante campus y el interior de la facultad de letras me hizo sentir diferente; caminé por la cafetería atiborrada de gente conversando sobre trabajos finales, sobre asignaturas pendientes; algunos conversando en voz alta, otros retraídos en la lectura de algún libro. Me sentí rejuvenecido, con unas ganas terribles de volver a estudiar; poco a poco el ambiente universitario inundó mi ser y me sentí otra vez en mi antigua y lejana Alma Mater.

Caminando por los pasillos de la facultad vi a una simpática pelirroja de unos veintitantos años, que tal vez como una muestra de simpatía, me dirigió una sonrisa. El efecto de su sonrisa fue tal, que sin querer empecé a caminar con un cierto *tumbao* y una sonrisita de galán que según yo era avasalladora.

Ya no era yo mismo, era un cazador dispuesto a todo, era la última palabra en hombría, no habría fémina que se resistiera a mis encantos, la especie humana podría depender de mí y solo de mí para poder poblar este planeta o cualquier otro.

De pronto me dieron ganas de ir al baño; todo iba bien hasta que, mientras me lavaba las manos, miré mi reflejo en el espejo.

No era yo. Era un hombre ya mayor que se acercaba estrepitosamente a los cincuenta años, las canas y las arrugas de mi rostro mostraban mi verdadera apariencia... la de un viejo verde.

Saliendo del baño, algo cabizbajo, me volví a encontrar con la pelirroja, quien esta vez se me acercó muy amablemente y se ofreció a ayudarme a encontrar la salida de la facultad y a encontrar mi auto en el estacionamiento, pues según ella, yo tenía cara de perdido y ese leve cojeo en mi andar denotaba sin lugar a dudas mi agotamiento físico por tanto deambular sin rumbo por los pasillos de la facultad, tal como su abuelo cuando a veces la iba a recoger después de clases.

Carlos Somocurcio

LUCÍA

—¡Allá en el atardecer nos vemos!

Fue lo último que le escuché a Lucía; no sé cómo la escuché, porque estaba lejos y yo tenía los oídos llenos de los sonidos de la fábrica.

Lucía parece una mujer simple, yo siempre la he tratado como se trata a las personas simples, pero por esa misma razón es que no he podido ser amiga de Lucía. ¿Cómo se puede intimar con alguien diferente a su apariencia? Si Lucía no es la que yo creo que es, ¿cómo podré satisfacerla? Por estas dudas es que no intimo con Lucía, ni ella conmigo. Ni con nadie. Ella es alguien que no se muestra, y si no te muestras, no existes. En este mundo todos andamos muy enredados en nuestras historias personales e intransferibles; no puedo trabajar, cuidar a dos hijos, satisfacer a un esposo, y además, descifrar a Lucía. Ella no se queja, no habla, no parece insatisfecha; pero quizá quiere ser descifrada, y yo solo pienso que se esfuerza poco, que debería, aunque fuese en algún minuto del día, gritar que quiere ser descifrada. ¿Si nadie la oirá —por los sonidos de la fábrica— por qué no puede gritarlo? Y como no grita, y no se esfuerza, yo termino por pensar que Lucía es una mujer simple, y así la trato, sin adentrarme demasiado.

El atardecer podría ser un lugar, pero no tiene caso que Lucía me diga que me verá en algún lugar, porque Lucía y yo no intimamos, no nos vemos fuera de la fábrica. Lucía y yo tropezamos en la fábrica y nos desviamos cada cual a lo suyo, como si nunca hubiésemos chocado, o mejor, como si anduviésemos por una autopista y la fábrica fuese la rotonda para cambiar de carril. Así andamos Lucía y yo, en carriles paralelos.

Entonces, como es imposible que el atardecer sea un lugar de encuentro para ambas, pensé que podría ser un tiempo para ambas. El atardecer se define en belleza y tiempo; ¡ella me está invitando a un tiempo para ambas! Y allí donde dure ese atardecer, Lucía y yo nos conoceremos. Lejos de los sonidos de la fábrica nos veremos y nos identificaremos. Y como dos personas simples que somos, Lucía y yo, nos miraremos, o conversaremos. En esa otra vida, Lucía y yo, nos vamos a hacer amigas.

Diana Rosa Pérez Castellanos

LUCAS, ELLA, LA MUERTE Y DIOS

Era invierno y Lucas pensó que era un tiempo bueno para morir, que el frío ofrecía cierta elegancia solemne a la rutina funeral. Las losas, resguardadas de la luz amarilla y chirriante del sol, lucían su blanco similar al de la luna. El cementerio, como el cielo de la noche, magnificaba la muerte convirtiendo los destinos individuales en partículas extraviadas en un universo insondable: en cadáveres.

Ella no le había sido una persona querida, por eso podía sentirse a gusto junto a su tumba, despidiéndola sin dolor, transfigurando la pérdida en un encuentro consigo mismo. La soledad de la ceremonia le permitió olvidar las connotaciones sentimentales de la enfermedad y la muerte; solo cuatro sepultureros ocupados en acomodar las sogas de manera que el ataúd no reventara contra el fondo del mármol, interrumpían con su faena el silencio del momento, sin llantos, ni desvanecimientos.

Cuando los cuatro hombres dieron por terminado su trabajo y se marcharon, y ya la tumba estuvo cerrada para la eternidad, Lucas cumplió la única promesa que le había hecho a ella: rezó el Padre Nuestro. Aunque él no creía en el milagro de la oración, y al articular las palabras se sentía ridículo repitiendo aquellas frases fútiles que en cientos de años no habían encontrado una justificación lógica de la vida y la muerte —porque a fin de cuentas, la mente es racional, y un Dios que realmente amara a los hombres tendría que ser más accesible—, quería pagar su deuda con ella, y mediante ese acto simbólico redimirse de todas las obligaciones espirituales, aun de las ateas, para con la humanidad.

Caminó despacio entre las tumbas. Respiró el perfume de las flores mezclado con el aire corrupto por el hedor de la carne y los huesos en descomposición, con el rastro de las ratas en sus guaridas. Su olfato registraba en la memoria el olor de la muerte. Todos los olores que recordaba retrocedían ante el empuje de este: el olor de los perfumes caros, de la carne fresca de mujer joven, del vino, de los amaneceres impregnados de aroma de café, de las exóticas especias que ennoblecían las cenas de placer, del pelo de su madre recién lavado. Todos menos el olor de ella, de su piel bañada siempre por un sudor ácido de carne enferma, de las sábanas sin cambiar, del polvo húmedo sobre los muebles ajados, de la madera podrida de las ventanas, del suelo anegado en la mugre del tiempo, del agua estancada filtrando por las hendijas del techo. Este brebaje de vahos era lo que marcaba su presencia donde quiera que ella estuviera. En la memoria de Lucas, quedó enlazado ineludiblemente al olor de la muerte.

El día de la muerte de ella, Lucas, por primera vez en su vida, tuvo la certeza de la existencia de Dios. Y reconoció su aliento en la peste del cementerio.

Diana Rosa Pérez Castellanos

LOS CHARCOS

No sabía cómo. Quería jugar a todos los juegos que sus compañeros disfrutaban, pero no tenía la seguridad para preguntar si podían incluirlo. Su autoestima no le permitía sentirse incorporado en ninguna parte. Estaba cumpliendo 12 años, plena adolescencia, esa etapa en la que duele todo y no se tiene consciencia de nada.

Un día de lluvia llegó a la escuela y no encontró a nadie jugando afuera. Ese día no había tomado el autobús a la misma hora que todos y por eso llegó solo. En el patio de la escuela lo único que veía eran charcos: chiquitos, medianos y grandes. Él siempre había querido saltar en un charco y mojarse. Volteó hacia todos lados: nadie lo veía ni tampoco su madre que detestaba verlo mojado. Sin pensarlo más, se lanzó. No lo podía creer, lo estaba haciendo, estaba empapándose en el charco más grande que encontró. Brincaba una y otra vez mientras los otros niños estaban adentro protegiéndose de la lluvia, a él solo le importaba piruetear en el lodo, pensó que sus botas y su impermeable lo protegerían de la lluvia. Estaba disfrutando tanto que tarde se dio cuenta de que la campana había sonado. Corrió para entrar a su salón. La maestra le preguntó por qué estaba todo mojado, él solo respondió que se le había hecho tarde. Ella le dijo que se apresurara porque tenían que comenzar el día, pero para él, el día ya había comenzado y de la mejor manera. Se dijo que era uno de los mejores de su vida.

El día continuó su marcha y la lluvia seguía cayendo. A la hora del recreo, él salió de inmediato a divertirse de nuevo, esta vez también salieron otros niños y ahora podía compartir la alegría de saltar en los charcos con sus compañeros que le preguntaban si podían jugar con él.

Cuando terminaron las clases, prefirió caminar en lugar de tomar el autobús de vuelta a casa. Tardó más que de costumbre en llegar porque brincaba en cuanto charco encontraba en su camino. Llegó a su casa tarde y empapado pero feliz. Su madre lo recibió atónita y no supo que decirle pero él solo le dijo: «No te preocupes mami, estoy un poco mojado, pero feliz. Ven y dame un abrazo».

Esmeralda Beltrán

LA PESADILLA

¡Qué veían mis ojos! ¿Estaba viendo visiones? La habitación estaba en penumbra a pesar que eran las diez de la mañana.

Me aproximé lentamente a la cama. Una corriente fría me recorrió el cuerpo, me estremecí, pero de inmediato una ola de calor me invadió.

La noche anterior no había podido llegar, el último ómnibus no salió, no encontré otras opciones y en un banco de la terminal esperé el amanecer. A pesar del cansancio acumulado en un intenso día de reuniones no pude dormir, llevaba años con trastornos del sueño.

Una sensación rara me invadía, repugnancia, asco, inquietud, desasosiego, palpitaciones en el centro del estómago. Traté de controlarme y me dije a mí misma:

—Vaya aquí tienes el resultado de tanto trabajo, tu plexo solar te está alertando, tus instintos se revelan y quieren dominar tu razón. Busca en tu memoria momentos agradables, relájate.

De alguna forma logré serenarme, pero desde que descendí del ómnibus, a solo unos metros de la casa, volvió a mí ese malestar, ahora acompañado de vahídos.

—¡Vamos qué te pasa! Estas cerca, solo veinte pasos.

Me apresuré, el cielo estaba despejado, la brisa acarició mi rostro, saludé como una autómata a los vecinos que encontré a mi paso, la música proveniente de alguna casa cercana llegó a mis oídos como una tormenta. Los latidos de mi corazón se aceleraron.

—No te desmayes. Aguanta. Un, dos, tres, cuatro, cinco.

Abrí la puerta, el ruido del aire acondicionado me condujo al cuarto, dos cabezas se distinguían claramente. En unos minutos o tal vez en segundos, pasaron por mi mente flashes de los momentos compartidos desde que la conocí. Fui hasta el closet, estaba segura, la había guardado allí. Volví a la cama, me arrodillé a su lado, tenía una cara angelical.

—Irás al paraíso.

Disparé, rápidamente di la vuelta, él se había despertado, me miraba sin entender.

—Irás al infierno.

Volví a disparar. Mi corazón recuperó su ritmo. La paz llegó a mí. Me acosté en el piso, me acurruqué como pude frente a la cama y pude dormir.

Mirta Casañas Díaz

EL REENCUENTRO

Estoy aquí de nuevo, sentada en la misma mesa. He llegado una hora antes, quiero recibirlo en el mismo lugar donde todos los viernes durante un año nos sentabamos a conversar, 48 viernes que marcaron mi vida.

Un día me dijo:

—Estamos rodeados de fantasmas. Ves esas firmas, todos los que dejaron su huella en estas paredes quisieron dejar constancia de su paso por aquí, fue para ellos un momento especial, el mojito estimuló su euforia, se olvidaron de conflictos, y de desencuentros, o tal vez porque aquí comprendieron su finitud y comenzaron a preparar su final.

Volví a releer aquella pared. Nuestra firma estaba cerca de la frase escrita por Ernest Hemingway, convertida en un *slogan* para atraer turistas: «*My mojito in La Bodeguita, my daiquirí in El Floridita*».

—¿Crees que ya desde entonces había pensado en el suicidio? Aunque creo que al plasmar sus gustos y su firma lo embargaba la alegría.

—Podría ser, pero era un existencialista, estaba consciente de su finitud, sabía que lo único completamente cierto era que existía, rasgar esa pared era el reconocimiento de su yo: Estoy aquí, soy el hombre que bebe mojito y daiquirí.

Nos reímos mucho con la risa contagiosa de la juventud. Ese día escribimos nuestros nombres, allí estaban aún para dar fe que un día nos amamos, que un día juramos esperar el final juntos. En aquellos años no concebía mi vida sin él. ¿Qué cambió el rumbo de nuestras vidas? ¿Por qué estaban mis hermanos y amigos diseminados por el mundo?

—¡Ah no, pero esto es el colmo! Hoy no puedo permitirme esto, ningún pensamiento triste puede invadir mi mente. Han pasado treinta años y ahora todo será diferente. Le pido al mesero otro mojito. Frente a mí, desde una foto colgada en la pared, un Hemingway me sonríe como si me dijera: ¡Te gusta! Si, me gusta y más hoy, dentro de unos minutos lo tendré delante de mí.

Lo había localizado por Facebook, por seis meses intercambiamos mensajes, reconstruimos nuestros encuentros. Reduje mi vida a ellos, me sentí joven, amada y deseada de nuevo. Me propuso vernos en La Bodeguita del Medio a la misma hora de siempre, y dijo que me llevaría una sorpresa.

Ya faltan solo unos minutos. Bebo otro trago y me siento ligera, como si estuviera en otra dimensión, feliz. Lo distingo, avanza hacia mí sonriente, me pongo de pie aunque mi cuerpo tiembla, nos unimos en un abrazo fuerte, minutos, segundos, no sé. Me separa suavemente para contemplarme y me presenta a alguien que está a su lado:

—Esta es mi sorpresa.

No había reparado en ella. Esa muchacha sonriente me recordaba a alguien. Me abraza.

—Tenía tantos deseos de conocerla —me dice.

Su perfume me embriaga y lentamente la separo de mí para mirarle a los ojos. Sí, conozco esos ojos, ese pelo, esa sonrisa...

—Sabía que te impactaría, te has quedado muda. Ella es la hija de Blanquitica, nuestra gran amiga. ¿Verdad que son igualitas? Es mi esposa.

Mirta Casañas Díaz

CIUDAD Y GATOS

Cansado de estudiar en la biblioteca salí a estirar las piernas, distraer la vista. Después de caminar unas cuadras imprecisas, mis pasos me llevaron a ese callejón, encerrado en un dédalo de muros, zaguanes, conventillos, negocios de artículos de segunda mano. Tengo esa costumbre de caminar, y de ir todos los días a estudiar a la Biblioteca Nacional, después de terminar mi trabajo de media jornada, comerme un sándwich y tomarme un café, un jugo o una Coca-Cola. Después entonces me echo a caminar por las calles, o a veces tomo un bus o el metro y me bajo en cualquier esquina, por puro impulso, o porque he visto algo que me llama la atención. En la megaciudad contemporánea, la yuxtaposición de espacios y arquitecturas, de grupos sociales diferentes, promueve un mosaico de marginalidades, la existencia de tribus contiguas y a veces hostiles. Este carácter de la urbe moderna quizás había sido anticipado o metaforizado por Piranessi. Alguna vez espero titularme de arquitecto. Hay nuevas clases de alienación además de las ya conocidas. En la megápolis coexisten grupos separados por preferencias religiosas o sexuales, y por divisiones sociales y económicas, étnicas —también me interesa la sociología— perspectivas todas que se abren para el visitante, y también para los habitantes más curiosos de la ciudad de que se trate. Y aquí estaba yo. Una puerta descascarada daba paso a una serie de habitaciones contiguas sin orden ni concierto, alineadas a los lados de un patio central de estilo colonial, descuidado y yermo, casi del tamaño de una manzana, limitado por muros ciegos y ennegrecidos por el humo (¿cómo es posible que hay un espacio abierto tan grande en medio de la ciudad, tan cerca del centro?). Más allá había una aglomeración de casas modernas y edificios y más allá aún, un laberinto de otras casas más antiguas, más grandes, venidas a menos, algunas hasta mansiones ahora subdivididas en cuartos para la renta.

«Así debe haber sido la Corte de los Milagros», creo que dije en voz alta.

En el medio del patio había una casita de muros encalados, macetas con flores en las ventanas y unas cuantas plantas que formaban un jardincito descuidado, que crecía a la buena de Dios. En ese momento me paré con las manos en los bolsillos, considerando esa casita blanca, buena quizás para un pueblito remoto del sur o un cuento de hadas, pero no para el centro de esta ciudad capital, que aunque subdesarrollada mostraba elementos de un desgarbado gigantismo. Podía ver unos gatos, inmóviles, cara al sol. Asomada a una ventana, una muchachita de cara pálida, de cabellos casi blancos, regaba las flores con una regadera también blanca, enlozada. Una vieja gorda lavaba la ropa en una artesa en el patio de atrás. Pero ahí estaba el problema: esos gatos estaban ciegos.

Entonces desperté, bañado en sudor, la cabeza apoyada contra ese libro abierto sobre Piranessi que había estado leyendo, y que yacía abierto en el mesón de la biblioteca.

Jorge Etcheverry

VACACIONES

Son y no son vacaciones, las vacaciones que todos esperan, en las que piensan manejando el auto de vuelta a la casa, o al departamento en el caso mío, después de una jornada de trabajo especialmente pesada, sobre todo en estos tiempos que corren, en que por la recesión, parece, se trata de exprimirle cada gota de sangre a los empleados y ya por ahí están hablando de subir la edad para jubilarse a setenta años, según el diario y por la polución los hombres están produciendo menos espermios, muchos de ellos estériles o deformes y nacen cada vez menos niños (y niñas) que pasen a ocupar el lugar de los viejos y de los que nos estamos acercando a serlo. O como en el caso de Lucho ya están pisando la raya, pero no se le nota, porque los árabes se conservan bien, claro que él se empezó a teñir el pelo hace más de diez años y hace aikido. Qué vacaciones ni qué niño muerto, eso último un dicho común en un país de origen que se remonta muy lejos y muy alto como volantín chupete, así se les dice a un tipo de volantín, o papalote, o cometa, también algo de ese país ya nebuloso pero que últimamente se me está redibujando otra vez, será por estas vacaciones que no van a ser en realidad vacaciones, sino un cambio de clima. Pero de alguna manera vacaciones, porque aquí los días se acaban como a las cinco de la tarde, «a las cinco en punto de la tarde», la nieve se vuelve a juntar después de cada pasada del limpiaparabrisas, las ruedas resbalan en el hielo, hay que salir con la pala a sacar la nieve que se acumula. Ahora el conserje ya ni se digna levantarse temprano algunos días, o aparece desde su departamento en el *basement* como un troglodita rubio de ojos enrojecidos y atónitos, se demora escuchando y hace lo que uno al fin ha reunido el coraje de decirle y que se supone que él tiene que hacer en todo caso, pero con un aire ofendido y lenta, lentísimamente, entonces uno que vive en un edificio venido a menos en un vecindario a mal traer en un departamento que hay que reconocer no es tan chico para un hombre solo, poco exigente, que nació en otro país y que entonces sabe acomodarse a lo nuevo o lo difícil, quiero pensar, entonces sale más a cuenta palear uno mismo la nieve, echar sal mezclada con arena en los escalones que dan al senderito que da a la acera para no resbalarnos y rompernos la cabeza cuando lleguemos de noche. Entonces decidimos tomar unas vacaciones, aunque sea en Varadero, pero son y no son vacaciones, porque tengo un contrato que terminar y voy a tener que estar pegado a la pantalla, bajo ese cielo, entre todos esos otros turistas que sí, ellos, se divierten cuando salen de vacaciones.

Jorge Etcheverry

LA OLA MÁS GRANDE

Después de mucho tiempo de estar lejos de la patria y de mi añorado puerto, les pido a mi hermano y a mi primo que me lleven a la playa. Una imagen que tenía clavada en mi mente era la de bañarme en el Pacífico.

Un día radiante de sol llegamos pues a la playa Reñaca en Viña del Mar y sin pensarlo dos veces me saco toda la ropa y me quedo solo en traje de baño y corro al encuentro de la ola, pero esta se recoge rauda como queriendo hacer más largo el momento de encontrarnos después de haberlo deseado con todas mis fuerzas. Sigo corriendo y la ola sigue recogiéndose y finalmente cuando llego a su base para el piquero final esta ola ya se ha convertido en una montaña de agua imponente y majestuosa. Entro de picada en su base y una enorme fuerza me tira hacia arriba dibujando un semicírculo de mi piquero. Siento el contacto con el agua fría y salada. La ola me abraza y me atrapa con todas sus fuerzas, comunicándome su inmenso poder y me arrastra con ella como diciéndome cuanta falta le he hecho en todo este tiempo. Yo estoy confiado de recuperar la superficie rápidamente pues hice esto mismo cuando joven tantas veces. Comienzo a subir y la superficie la siento aún muy lejana. Ya se cumplió un minuto y sigo subiendo. Ya no tengo calor y solo me preocupa llegar a la superficie. La enorme ola comienza a abatirse sobre la playa con un gran estruendo. Sigo subiendo y ya van dos minutos sin posibilidad de apercibir la superficie tumultuosa de sal y arena. Tres minutos y el aire comienza a faltarme, suerte que tomé suficiente aire antes de zambullirme. Salgo finalmente con los pulmones a punto de estallar. La ola monstruosa me maneja como a un muñeco de trapo y no me permite respirar bien, solo agua y arena llenan mi boca y mi nariz. Con mis ojos entreabiertos diviso un poste con una gran bandera roja en la cima y un letrero que adivino dice: «Prohibido bañarse». La ola furiosa me arroja a la orilla sin ningún miramiento, ruedo por la arena dura, al fin respiro y me voy trastabillando buscando una toalla. Limpio mi cara y observo a mi primo y mi hermano completamente ajenos a mis penurias, extasiados delante de unas jovencitas que se broncean al sol.

Finalmente ellos se dan cuenta que volví, yo les lanzo una mirada negra y les vomito: «¿Para eso me trajeron a esta playa, para mirar muchachitas en bikini?», mientras les señalo el poste con la bandera y el cartel.

Nunca olvidaré esa ola gigantesca que me abrazó, me zarandeó y me depositó sin un rasguño junto a mi familia que, fuera como fuera era lo que más me hacía falta todo este último tiempo viviendo en el exilio.

Hugo P. Briones

EL SABIO

¿Es cierto que en tu país se comen a los perros? Fue casi la primera pregunta que en un rudimentario inglés, el jefe planteó a Roberto, su nuevo empleado, a lo que el mismo respondió en un evidente tono de quien desea presumir sus dotes de *gourmet*:

—Sí, claro, nos gustan tanto que ya casi los extinguimos.

Después de algunos minutos y por intromisión de otro trabajador, Roberto se dio cuenta de que había confundido la palabra "dogs" por "ducks", sin embargo, decidió mantener su respuesta para no alterar el intrigado rostro del jefe.

Todos hablaban bien del jefe. Su posición jerárquica respaldada por una intimidante estatura, más el modulado y seguro tono de su voz, inspiraba respeto y admiración. Era el primer día de labores de Roberto. Éste se presentó ante sus nuevos compañeros y ellos se acercaron mostrando un ligero aire de timidez y desconfianza, pero que no impidió, al menos, el esencial saludo de manos.

—¿Qué te parece el jefe? —preguntó uno de ellos, y prosiguió— Es una buena persona, siempre se preocupa por nosotros y está al tanto de todo. Platicar con él es increíble, aprendes mucho, ojalá algún día tengas esa experiencia.

Otro de los trabajadores intervino diciendo:

—A veces me pregunto ¿Cómo hace el jefe para saber tanto? Ya lo conocerás, te sorprenderás de todo lo que sabe.

Roberto se presentó puntual a su segundo día de trabajo. Era un gélido lunes de diciembre. El jefe lo saludó y preguntó cómo había estado su fin de semana, a lo que Roberto contestó:

—Bien, ayer fui al cine.

—¿Ah sí? ¿Y qué película viste?

—*Los miserables* de Tom Hooper.

—¿Quién es Tom Hooper?

—Es el director, pero como usted sabe, la película está basada en la famosa novela de Víctor Hugo.

—¿Quién es Víctor Hugo?

—Él fue quien escribió la novela.

—¿Qué es una novela?

—¿En verdad no sabe qué es una novela ni quién fue Víctor Hugo? —preguntó desconcertado Roberto.

—No, no lo sé —contestó el jefe haciendo una mueca que en realidad quiso decir: "no lo sé y no me importa".

En ese momento, la curiosidad invadió a Roberto y se aventuró a ir más allá cuestionando con un sutil morbo disfrazado de ingenuidad:

—Entonces… ¿tampoco ha escuchado hablar de un tal Sócrates, o Aristóteles, o Platón?

—No, tampoco —respondió el jefe con la misma actitud.

—¿Ni de Leonardo, Miguel Ángel, Rafael o Donatello?

—No, ¿quiénes son esos?

—Y… ¿Voltaire, Goethe, Spinoza?

—No, tampoco.

—¿Ni Beethoven, Bach o Vivaldi?

—No.

—¿Ni Shakespeare, García Márquez, Borges, Kundera?

—No.

—¿Ni J.F. Kennedy, Churchill, Mao, Lenin ?

—No.

—¿Ni Pinochet, Francisco Franco o Margaret Thatcher?

—No.

—¿Ni Elvis Presley, Luciano Pavarotti, los Rolling Stones, los Beattles?

—No.

—¿Tampoco Oprah Winfrey, París Hilton o las Kardashians?

—No, tampoco.

—¿Ni a Manny Pacquiao, Mike Tyson, Mohammed Alí… —en ese momento el jefe interrumpió y dijo:

—¡Espera! Al último que mencionaste lo conozco. Sí, lo conozco.

Ricardo G. Tovark

TRATA DE MORENAS

Aquélla mañana de junio íbamos las cuatro en el Taurus destartalado de George: María, Luz y Rosario con su mamá. George —bendito entre las mujeres— esquivaba estoicamente los baches de las carreteras de Québec. Nos aseguraba que estaba sobrio y que las autopistas de Vermont estarían mejor asfaltadas. Nosotras cotorreábamos a nuestras anchas, dichosas de escapar de Montreal por un día.

George organizó el día de campo cuando se enteró que venía de visita su futura suegra y que teníamos visas de turista para entrar a Estados Unidos. Se entusiasmó tanto por mostrarnos uno de sus lugares favoritos que invitó a todos los que trabajábamos en Gerts, el bar universitario. Los otros dos coches nos llevaban ventaja, pero nosotros no teníamos prisa: la hielera con cervezas estaba en la cajuela del Taurus.

Despreocupados llegamos al puesto fronterizo. George bajó la ventanilla y entregó su licencia al agente:

—Vamos al Lago Champlain —explicó, entregando también nuestros pasaportes.

—¡Shhh! No digan que llevamos chelas —murmuró riéndose la mamá de Rosario.

El agente nos miró, puso cara seria y ordenó:

—Salgan del coche y pasen a la oficina.

La piel se nos puso de gallina. George tardaba en reaccionar por lo sorprendido que estaba de ser retenido en una frontera que, en innumerables ocasiones, había cruzado sin ningún contratiempo. Más sorprendido estuvo cuando fue el primero en pasar al interrogatorio.

Enfiladas frente a la oficina nos mirábamos sin decir palabra. Preocupadas por no delatar las cervezas, no nos dimos cuenta que para el agente éramos nosotras la mercancía sospechosa: jóvenes, rostros en varias tonalidades canela y voces que a pesar de las credenciales universitarias contestaban con acento. ¿Qué hacíamos con el pelirrojo que decía ser estudiante de maestría en educación?

—¿Estudiantes de McGill, eh? —y con unos ojos que insinuaban, «eres la alcahueta de esta banda», le preguntó a la mamá de Rosario:

—*You?*

—*Tourist and mother* —contestó con voz de quien no se deja intimidar fácilmente.

El agente nunca preguntó qué llevábamos en la cajuela, en cambio sí tuvimos que explicarle el contenido de nuestras tesis doctorales. Después de hora y media de interrogatorio nos dejó ir.

Terminamos disfrutando nuestro día de campo y riéndonos de la aventura.

Pero ésa cambió para siempre la carrera de George, quien se convirtió en defensor de los derechos de inmigrantes y refugiados.

Maria Murray

EN EL NOMBRE DE DENISE

Los médicos forenses habían bloqueado la entrada principal del edificio cuando Myrian llegó del trabajo. Todas las puertas de acceso al inmueble estaban abiertas para ahuyentar el olor fétido de una muerte inesperada. La vecina que solía tomar el sol en terraza con vista al estacionamiento, había intercambiado los rayos solares por una vista desde el interior del vestíbulo hacia la calle. Por la enorme vitrina al costado de los buzones, observaba con la mirada perdida, el vehículo donde yacía el cuerpo destinado a la morgue.

—¿Qué sucedió? —preguntó Myrian dudando en si sería un buen momento para buscar su correo.

—Denise murió —ante la respuesta, Myrian se percató de no estar muy segura de ubicar a Denise.

—¿Cuándo? —Myrian siguió en busca de indicios que le ayudaran a identificar a la difunta.

—No sé —respondió la vecina— llevaba días sin verla y se me ocurrió subir a su departamento para averiguar si estaba bien. Toqué varias veces y, como no abría la puerta, fui a pedirle la llave a Marcus. La encontramos sin vida, junto a la tina. Sospechamos que se resbaló y se golpeó la nuca con el borde. Los forenses creen que llevaba varios días ahí.

Myrian recién se percató de la presencia de una agradable corriente de aire circulando por el edificio. ¿Por qué habían esperado a que alguien muriera para orear los pasillos?, se preguntó.

—Mi más sentido pésame. Comprendo que tú y Denise eran buenas amigas.

Myrian continuaba con la pesquisa

—Nos conocíamos porque habíamos vivido en el mismo edificio antes de mudarnos a éste. Nos gustaba tomar una copa juntas al anochecer.

Finalmente, Myrian logró dibujar el retrato de la muerta en su mente y exclamó:

—Es cierto, hace tiempo que no veo a Denise sentada en tu terraza. Era muy amable, siempre me saludaba. Myrian sintió un pequeño pellizco en el corazón cuando se percató de la ausencia de la mujer de amplia sonrisa que recién hoy tenía nombre.

—Me encantaba que me diera la bienvenida después de una larga jornada de trabajo.

Por unos instantes Myrian guardó un largo silencio de reflexión. ¿Por qué me esperé a que muriera Denise para conocer su nombre?

—Por cierto, mi nombre es Myrian —dijo estirando su mano hacia la mujer que seguía haciendo la guardia detrás de la ventana.

—Encantada —dijo ésta tomando la mano de Myrian— yo soy Julie.

Myrian y Julie se acompañaron el resto de la tarde en una silenciosa despedida, bajo una ligera brisa que acariciaba sus rostros, gracias a Denise.

Marianne Locht

DEEPLY ROOTED

Valentina Brown nunca imaginó que su amada Habana estuviera tan arraigada en su alma. Costumbres, ideas, creencias, ideologías, traumas, ismos. Todos ellos emergieron en su primer invierno en Nueva Escocia.

Cuatro años después de ir, venir, perder, purificar, seleccionar, elegir, revivir, desafiar, renacer. La vaga inquietud, la agonía, el anhelo, la nostalgia, son sus compañeros más fieles.

Valentina Brown descubrió que ser inmigrante no es ese cuento de hadas del que hablan en la televisión. Hoy, despúes de casi dos años sin escribir, se ha despertado inspirada. Esboza frases, dibujos, *collages* en su roja agenda Moleskine. Dos frases se vuelven recurrentes en su diario. «Tiempo de ser» y «Dos orillas tengo yo». Escribe como poseída, sufriendo cada palabra, se escucha el galopar de las teclas mezclándose con la música de Ignacio Cervantes, *Adiós a Cuba*. Suena la alarma, es hora de buscar a la niña en la escuela.

Valentina Brown suspira profundamente. Hoy ha escrito su primer poema en inglés desde que llegó a Canadá.

«Dos orillas tengo yo»

Hoy soy una anguila. Anguila que crece entre dos aguas diferentes. Cada movimiento entre los dos me hace dudar y crecer. Anguila subterránea en tierra canadiense. Anguila flotando en el mar Caribe, bajo las frías aguas de otro océano.

Anguila que renace en las profundidades del lago Ontario y comienza a crecer.

Soy una larva translúcida que flota entre dos aguas. Mis dos recuerdos, latidos entre esas dos corrientes, el frío y el calor, desde las profundidades hasta la superficie, de un lado a otro. Dos orillas tengo yo

A veces, mirando el gran Lago Ontario, lo siento como si fuera mi mar Caribe. El olor a salitre que tanto extraño, aún no lo he podido encontrar aquí. El gran lago Ontario no huele igual, no sabe igual. Sus aguas son frías y turbias, llenas de sargazo, en ellas me sumerjo y me escondo en medio de su maleza y bullicio. Esperando. Creciendo.

Mi otra orilla es transparente, azul marino. Cálido y me deja flotar. Hoy soy una anguila. Anguila que crece entre dos aguas diferentes. Adaptándose a ambas corrientes.

Aquí, allí. Dos orillas tengo yo. Rodeado de agua siempre, debo vivir. Pero, no puedo crecer. Soy un ser isleño. Necesito el olor de esos mares para crecer.

Dos orillas tengo yo. Hoy soy una anguila. Anguila que crece entre dos aguas diferentes.

Valentina Brown termina la última frase. La repite en voz alta. Y grita a todo pulmón: ¡Soy una anguila! Y sale corriendo. Sintiéndose libre. Hoy ha escrito en inglés, sin usar el traductor de Google. Valentina Brown nunca imaginó que su amada Habana estuviera tan arraigada en su alma.

Yannis Lobaina

15:13

Para la Banda Bohemia

Fue la urgencia en el eco de su voz, pidiéndole que acudiera a la habitación, lo que le inyectó una profunda y súbita dosis de angustia, acelerándole el corazón cual si el ataque cardiaco de su esposo fuera una peste que también la hubiera infectado a ella. ¿Había llegado el momento? ¿Cómo les diría a...? Se obligó a no terminar la frase que su mente había intentado expresar en el instante en el que había escuchado el dictamen médico. No había donadores y el corazón artificial había sido rechazado. Una máquina, que eventualmente dejaría de serle útil, era lo único que ahora lo mantenía con vida. Pronto partiría por la misma senda por la que su corazón se había ido. ¿Adónde lo habrían desechado? Un pedazo de carne muerta que ya ni siquiera sangraba recuerdos, inexplicablemente incapacitado y sin valor alguno. ¿En la basura, tal vez? Y sin ninguna golondrina a su lado... ¿Qué se hace con un corazón inservible?

Lo había visto hacía apenas una hora, mas no había querido despedirse. Aún no. Se negaba a esa realidad, al doloroso futuro que la esperaba con tanta certeza como se sabe que la miel es dulce y el vinagre amargo. Todos esos bellos momentos, esos encuentros en espíritu y en cuerpo, esas risas y complicidades habían tenido su origen en el corazón del amor de su vida, el cual ya no latía y retornaba al polvo. ¿Por qué no había aprovechado la oportunidad para hacerlo? El mejor amigo de su esposo —quien había viajado únicamente con ese propósito, cancelando compromisos familiares y laborales— le había susurrado que más valía despedirse varias veces, la había abrazado y la había dejado a solas con él. No obstante, ella había salido de la habitación y le había pedido a él que se quedara con su esposo por unos momentos. Necesitaba prepararse.

Estando solo con su amigo, él lo observó tendido y evocó miles de memorias. Recordó algunas de las más fuertes... Cuando se había quedado en la calle, sin trabajo y sin hogar, cuando más le había dolido el corazón, cuando la alegría había sido inconmensurable. Ahí había estado su ahora agonizante camarada para recibirlo en su casa por algunos meses, para escucharlo atentamente, y para alegrarse de su gozo con la sonrisa más franca. Sintió ira. ¡¡Tantos avances que le eran inservibles!! ¡Ahora todos los automóviles levitaban a medio metro sobre el suelo, pero la ciencia no podía hacer nada por él!

Al regresar ella, fue el olor lo primero que notó, luego varios documentos firmados sobre el pecho de su esposo, un enorme charco rojo en el suelo y finalmente el cuerpo con la yugular rajada y una carta entre sus manos yertas.

Cuando el amor de su vida abrió los ojos a ella se le cerró la garganta, y arrasada en llanto le entregó la carta, en el sobre manchado, que su mejor amigo le había escrito.

G B-G

PRIMER DÍA DE CLASES

La proximidad de la separación (qué paradoja) ha causado ansiedad en ambas. La madre sufre por adelantado la nostalgia de no ver a la hija mientras esté estudiando, por no saber si la tratarán bien, si comerá su *lunch*. La hija enfrenta la novedad de la situación con sentimientos encontrados: le asusta saber que ya no estará protegida por la dorada rutina y el amor de la familia, pero al mismo tiempo le emociona pensar en las cosas que aprenderá.

Mientras cada una está ocupada experimentando sus propios sentimientos, entretienen las lágrimas apurando las manos. La madre arma una pequeña mochila con cosas indispensables. Para la hija, el tamaño de la maleta es inmenso, en ese preciso momento cabe ahí toda su vida y ese peso dobla su espalda. Aunque la madre se ofrece todo el tiempo a ayudar con la carga, para la hija es importante llevarla por sí misma. Después de todo son sus cosas, son sus esperanzas y sus dudas.

¿Qué se debe llevar a la escuela cuando se es «una niña grande»? La nueva estudiante intenta meter en la bolsa un muñeco de felpa y un abrigo gigante. La mujer más experimentada toma con dulzura el abrigo y lo devuelve al closet, pero no solo deja el conejito, sino que inserta secretamente una fotografía de ambas en un cuaderno de hojas inéditas, como los días por venir.

¿De cuántas maneras se puede llamar a una madre? Se le dice mamá, progenitora, está también el muy cursi «autora de sus días», en algunas familias está bien llamarla por su nombre. Se lleva la palabra madre como un título, profesional o nobiliario, o ambos. Señora Fulana de Tal, Madre de. En cambio hija, como tal, no tiene un sinónimo. Los hay para hijo, como vástago, o retoño. La palabra hija se lleva como un sustituto del nombre, como una etiqueta de propiedad. Fulanita, Hija de.

Por eso cuando se les ve juntas, tomadas de la mano, esperando un taxi, es innecesario decir que ahí van madre e hija, quisiera mejor llamarlas por su nombre: Fulana y Fulanita, saliendo de la casa, con el corazón desentonado, de camino a su destino, los rostros volteando en direcciones opuestas para que la otra no vea las gotas de amor que ruedan por sus mejillas. La madre lleva su pequeña mochila. La hija arrastra la enorme maleta. El auto no es el único vehículo que tomarán para llegar al lugar donde se dirigen. Esta vez no es suficiente ir por tierra, esta vez habrá que tomar un avión y otro auto para que la madre acompañe, una vez más, a la hija ante las puertas de esa institución, la deje ahí, hablando un idioma que ella no entiende y vuelva sobre sus pasos, aterrada de que no le alcance la vida para verla otra vez en este mundo.

Andrea Ávila

EL OLVIDO

Juana Perla pasó los últimos veinte años de su larga vida bordando sin reposo y soñando de lo hermosa que se vería el día de su partida de este mundo. Puntada tras puntada soñó de su magnífico ajuar funerario, de sus níveas flores y de sus encajes dorados de mil listones, hasta el día que perdió la hebra de su frágil memoria. No fue de golpe y no fue seguido de ningún signo devastador. Fue como esa dulce e inofensiva modorra de media tarde que, amparándose de nuestros sentidos, nos induce a un letargo sin fin.

Toda revuelta por aquel extravío y con la insoportable sensación de haber perdido un inmenso tesoro, la anciana dejó de lado su labor de esa mañana. Si no hubiera tenido la memoria revenida habría quizás pensado que su marido intentaba hacerle una jugarreta como aquellas con las que la hacía rabiar cuando estaba vivo, pero Juana Perla había olvidado también que aquel manso hombre había un día existido. Había además olvidado el rostro de su hija, la receta de su célebre caldo de res y los sueños que hacen que la vida valga la pena de ser vivida. En una búsqueda frenética y con las polleras tomadas, recorrió de un rincón al otro su casa de arcilla sin colores, oscura y deslavada. Registró su baúl de prendas sucias, su arsenal de cacharros de cocina y la modesta pieza donde se recluyó bajo siete llaves a bordar, creyendo poner a buen resguardo la lucidez que parecía írsele. Su búsqueda la llevó a recorrer el minúsculo patio trasero que un día soñara con ser vergel, y que desde hacía tanto tiempo no daba más que matorrales espinudos y malezas amargas, pero sin resultado. Su bien más preciado había, sin lugar a duda, desaparecido.

Casi sin aliento y abatida por los agravios del tiempo, caminó hasta su habitación intentando hacer memoria, intentando dejar de olvidar. Se sentó sobre su viejo colchón de lana que olía a humedad y a rancia vejez, pero que se amoldaba a la perfección a sus huesudas caderas y se quedó unos instantes prendida a la hermosa flor amarilla que decoraba la ventana de su modesta pieza. ¡Perla cabeza loca! se repitió hasta el cansancio intentando quizás no olvidar su propio nombre.

Pronto comenzará a llover, se dijo metiéndose a la tibia cama abrumada por aquel descuido y los presagios de un aguacero que se anunciaba eterno. Deseó entonces recordar todo aquello que había desertado su memoria, deseó recordar lo que era estar viva así como el lugar donde había quedado extraviado su precioso tesoro. Juana

Perla no tuvo tiempo de desear nada más. Esa mañana de lluvia y sin aviso alguno se volvió como la flor que decoraba la ventanita de su habitación y que amenazaba con morirse de un día a otro, se olvidó de su imperdonable olvido.

Nando Moreno

CAÍDAS DE AGUA, CAÍDAS DEL CIELO

Ellas, las caídas de agua, disonancias de la armonía natural, cautivan el espíritu de un niño, los pasos del caminante o el ojo de un fotógrafo. Observarlas es asistir a una eterna concurrencia de voces que sintonizan el pensamiento con los sonidos del entorno y lo hacen parte de la música de las cosas.

Confieso que lo he hecho cientos de veces. He visitado cascadas durante toda mi vida. De niño solía escaparme de casa para conocerlas en los ríos cercanos. Remontaba el cauce hasta encontrar su nacimiento cerca de las colinas. Avanzaba saltando sobre las piedras del río sin mojarme los pies. Prefería siempre regresar antes que resbalarme. Como parte de un rito, tocaba el agua únicamente en la cascada misma porque allí la recibía de lo alto. Siempre he creído que todo lo que proviene de lo alto es excelso. Horas pasaban antes de volver a casa, horas enteras cabalgando en mis ensoñaciones, horas de agua caer y de agua sonar.

Fui creciendo con cada gota que conocí y así instauré las bases de lo que sería mi eterna pasión por vivir al aire libre. Mis conflictos adolescentes no fueron más que una adicción a la búsqueda de cascadas. Su embrujo me sentenció a un camino de libertad y aseguró mi lugar entre aquellos de alma nómada. En consecuencia, nunca más tuve necesidad de escaparme. Mis parientes y mis amigos, cómplices o envidiosos, comprendieron que las caídas de agua, y más aún, Natura en su totalidad, se había apoderado de mi corazón.

Seguir el rastro de saltos de agua en ríos cada vez más lejanos, me enseñó el valor de los grandes espacios. De pequeños arroyos salté a enormes torrentes en la selva y a intrincadas corrientes en las montañas. Las modestas caídas de agua que adornaban mis primeras ilusiones se transformaron en infranqueables raudales o en desafiantes cataratas que al intimidar mi cuerpo, avivaron mi espíritu. Secundado entonces por su ruido blanco, descubrí mis amores con Iguazú, comprendí el efímero encanto de Niágara, las Victorias me hicieron gala de su nombre, el Ángel dio altura a mi raza, Detiffos me hizo postrar, Ruby Falls me reveló sus entrañas, Jirijirimo me tuvo compasión, la Chaudière humedeció una de mis noches, Kaieteur me desfloró, Raudal Alto me regaló un pedacito de su inmortalidad.

Hoy prosigo mis andanzas en búsqueda de nuevas cascadas. En la lista varias aparecen y desaparecen con el acontecer de las estaciones.

Muchas persisten para soñar con la vida, otras para meditar en un romántico suicidio. Aunque algunas son presas en la estética de los decoradores, todas me han condenado fantásticamente a su persecución. Mi adoración al movimiento vertical del agua es misteriosa y placentera. Es también nueva porque la misma agua no cae dos veces… filosófica seducción que humecta mi esencia y me conduce indefectiblemente hacia el origen, hacia el vientre, hacia el agua misma que me formó.

Carlos Andrés Torres

ID ADIVINO

Horacio, vestido con ropa exótica, como si se dedicara a tiempo completo a la quiromancia y, con tanto maquillaje que lo hace irreconocible, acaba de identificar un blanco al cual lanzarle: se trata de una pareja de jóvenes adultos bien vestidos. Ellos se encuentran sentados en el borde de una terraza al aire libre, se están tomando un trago, parecen empresarios extranjeros, como los tantos que hay en este pueblo, que no es tan grande pero que sí es muy atractivo para negociantes de todo el mundo.

Horacio busca el ángulo para que el hombre en la pareja lo vea aproximarse, si el gesto de rechazo no es muy enfático o firme, seguirá acercándose a ellos. El hombre solamente lo mira con desinterés. Al llegar a la mesa, la mujer nota su presencia, se impresiona con su vestimenta. Horacio, en el idioma que casi todos los extranjeros entienden, pregunta si quieren que les hable del futuro, el hombre emite una risa burlona, mientras la mujer responde que no.

—Les puedo hablar del futuro más honesto y crudo posible —señala Horacio.

Esos adjetivos llaman la atención del hombre, quien los repite:

—Honesto y crudo...

—Váyase, por favor, ¿no ve que estamos en medio de una conversación? —reprocha la mujer.

Horacio sabe que es mentira, parte de este ejercicio es descifrar a la gente y jugar con sus reacciones.

—También puedo hablarles de sus mayores temores, de esas cosas que siempre esconden —enuncia Horacio mirando al hombre y moviendo una de sus ornamentadas manos con uñas largas, anillos y pulseras— para entonces ofrecerles unos antídotos al respecto. En ese caso, el servicio costaría más, por supuesto.

—Oh, oh —expresa el hombre, en parte mofándose, pero a la vez sorprendido por el lenguaje y la contundencia del quiromántico. Esto incluso le lleva a preguntar:

—¿En serio?

—Marcel, ¡basta!, y usted, déjenos en paz.

—De acuerdo, no tiene que subir la voz ni ponerse de pie. Ya voy andando, joven.

Horacio les da la espalda, se aleja de ellos; esta vez lo hace por el campo visual de la mujer; cada decena de pasos se voltea y la mira, emitiendo una sonrisa «perversa». Mientras camina piensa si se motivará a encontrar otro blanco antes de que acabe la tarde o si se quitará este disfraz y todo el maquillaje para descansar unas horas en el hotel antes de salir en la noche, otra vez vestido de adivino.

Se decide por la segunda opción; entre matorrales, se desviste para vestirse como los demás lo conocen. Llega al hotel en el que cada sábado se aloja desde que comenzó esta clase de ejercicios, hace dos meses. Hacer la de quiromántico le ayuda a fortalecerse mentalmente: le lleva a afrontar el rechazo de una manera severa, le obliga a reaccionar con ingenio y a practicar su destreza para provocar efectos en las personas, muy útil para su oficio de director de publicidad.

J.J Liranzo (Xphilo)

HAY CIELOS QUE MATAN

A las seis de la tarde el cielo parece que fuera 1973 y una joven veinteañera recién casada, Mirta, espera ansiosa en la puerta de su propiedad horizontal a que su esposo Roberto regrese de la oficina. El cielo es azul claro con una nube rosa brillante en el medio que combina con su chaleco crochet tejido mientras mira *Rolando Rivas, Taxista*. Veinte minutos más tarde es 1987 y Daniela y Martín se están arreglando para ir al cine, previamente a haber hecho el amor a las apuradas en el ascensor de su edificio de Cabildo y Paroissien. Bajo ese cielo, escuchando el último casette de Silvio Rodríguez, Daniela y Martín deciden ir a ver *The Wall* a la calle Corrientes. La nube rosa brillante es ahora gris plomo y combina con el suéter azul cobalto y los aros plateados de Daniela.

Pero en realidad estamos en 2017 y Julia, cincuenta recién cumplidos, mira por la ventana del Hilton de Puerto Madero vistiendo sólo su remera gris cielo y raída bombacha con moño negro en el medio, compradas en el Monoprix de París. Son las 7:30 de la tarde y junto a su marido Germán todavía no han cruzado palabras después de haber plantado las valijas en su primera tarde solos en Buenos Aires en diez años. El cielo ahora es de un negro sólido. Él apaga la luz a las 22:30 y se los traga la noche. Buenos Aires es una ciudad enteramente erigida sobre cielos, vidas pasadas y culpas.

«Dile adiós a los buenos días de antaño» le informa a Julia el I Ching el 6 de noviembre de 2017 mientras da vuelta las fichas en la pantalla de su ordenador, esperando una respuesta a su angustia. «Es cáncer,» les comunica el urólogo el 10 de noviembre. «Etapa 1.» Ella escucha como en una borrachera «remoción, radiación, opciones...», un nuevo vocabulario amoroso con el que reemplazar en Canadá el silencio que los envuelve desde aquel viaje a Buenos Aires. El momento más importante de sus vidas después del nacimiento de sus hijos. Julia ve de repente a Germán llevándola en automóvil a la maternidad de Vancouver cuando el nacimiento de los dos niños, ya adultos jóvenes, se anunciaba. Esos viajes en automóvil se fusionan en su memoria con el viaje de regreso del consultorio del urólogo, esta vez hacia Southgate Mall «porque necesito zapatos, vamos» dijo él. La gente ya está en pleno espíritu navideño, cargada de paquetes y buenos deseos, ellos, en un saco amniótico repleto de bilis, nadando en Southgate Mall, como siameses, hundiéndose y no. «Que nada los perturbe» instruye Germán a Julia, refiriéndose al diagnóstico, para que sus hijos no sufran en los estudios y que nada altere su ritmo de adultos jóvenes y sus proyectos de futuro. Al día siguiente Julia instala todas las decoraciones navideñas al ritmo de Elvis cantando *Suspicious Minds*. El color del cielo carece ahora de importancia.

Luciana Erregue-Sacchi

AL ALBA

El soldado se movió entre las pieles, todavía húmedas por el embate de los cuerpos. Se apoyó sobre el costado y con ojos aún empañados por el sueño contempló las anchas espaldas del hombre que yacía inmóvil a su lado. Lo escuchó resollar un par de veces antes de verlo levantarse y caminar, resuelto, hacia donde esperaba su armadura. Todavía estaba oscuro. Pudo oír el lejano ir y venir de los centinelas, mezclado con los rumores de algún fuego que crepitaba en la penumbra. ¡Quién iba a decirlo! Él, un humilde soldado de tropa, aquí, en este momento y lugar...

Al principio, tuvo miedo. Nunca hubiera esperado encontrarse al guerrero en esas condiciones. Además, la mueca que leyó en su rostro era una máscara terrible en la que se confundían, a partes iguales, la más cruel furia y el más acerado dolor. Para nadie era un secreto lo ocurrido. Todos sabían que, dadas las circunstancias, lo que tenía que pasar, pasaría. Le sorprendió que aquél le hiciera conversación, allí, en ese claro del bosque al que nunca venía nadie y donde él, de talante más bien tímido, solía refugiarse entre batalla y batalla. Lo demás había sido natural, tan sencillo que no cabía ni recordarlo. Bien pensado, todo esto tenía algo de irreal.

Fingió que dormía para no contrariarlo. No obstante, lo sentía pasearse por la tienda, impaciente como un lobo herido. Lo escuchó preparar sus armas. Entendió que se planeaba algo y que ese algo equivalía a un final. A su pesar, y no deseando ser un estorbo, abrió los ojos y se incorporó de un tirón. Sus ropas estaban donde las había dejado la víspera. Se preparaba ya a marcharse cuando la orden que vino de las sombras lo detuvo:

—No te muevas. Es mejor que salga solo.

Sintió que se le estrujaba el corazón al pensar que acaso no lo volviera a ver. Al mismo tiempo algo le decía que, cualquiera que fuese el resultado de aquella extraña incursión en territorio enemigo, en lo que a ellos dos respectaba el resultado sería el mismo. Los guerreros de ese calibre no eran aves de un solo nido.

No supo de dónde sacó el arrojo para musitar:

—Cuidado con el talón.

Había oído murmurar entre los hombres de Agamenón que era de ese pie que el gallardo héroe cojeaba y no le pareció que estuviera de más la recomendación.

El griego lo miró, desdeñoso. Ya no recordaba el nombre de aquel soldado al que introdujera en su lecho hacía tan sólo unas horas. Era verdad que la furia se acallaba momentáneamente con el solaz que da la carne pero, qué más daba, si ahora mismo le volvía ya al cuerpo con la fuerza irreprimible de la ola en un mar en tempestad. Volvió a pensar en Patroclo. En la venganza, que hunde y redime. Luego, sin molestarse en responder, Aquiles salió de la tienda y entró en la noche.

Alma Mancilla

¿CUÁNDO FUE?

Cuando le hicieron entrega de la medalla y del diploma, ya sabía lo que vendría después. Premiar a alguien en aquel lugar era equivalente al beso de la muerte, por lo menos en lo que a trabajo se refiere. Era la coda, el final de concierto, y también el corte de cinta con que se iniciaba la sagaz, tenaz instigación del retiro, el que habría de borrarle para siempre de la memoria institucional. Al salir del salón, la sonrisa delataba que ya tenía en mente un bosquejo de narrativa para la nota de renuncia, y apenas se percató de cómo las únicas evidencias tangibles de su premio —quizás únicas de toda una vida— se deslizaban mano abajo, archivadas en el primer bote de basura que se cruzó en su camino. Pero si no fue entonces —si ya había sido— ¿cuándo fue?

Unos meses antes el director del departamento había comenzado a visitar regularmente su laboratorio. No había escatimado alabanzas, pero siempre había culminado sus elogios confesando no comprender totalmente su trabajo. En sus últimas visitas, luego de despedirse —al mejor estilo 'Columbo'— había vuelto sobre sus pasos y preguntado si lo que él hacía era realmente lo que debía estar haciendo. La devolución de la pregunta invariablemente había encontrado una mirada mistificada (más mistificada que de costumbre). Inicialmente, ello le había intrigado, porque ¿qué otras tareas hubiese él debido hacer, que no hubiesen sido las que especificaba su descripción de cargo como principal investigador científico del departamento? Luego, aunque había comenzado a sospechar cuáles (resultados recientes en su laboratorio habían contradicho algunas de las políticas de la institución), con la esperanza de comprender mejor, había solicitado el permiso protocolar de su director para ser recibido por el Director General Ejecutivo.

La oficina —una *suite*— ocupaba el *penthouse* de un enorme edificio. Era la primera vez que ascendía hasta tan elevado nivel. El alto ejecutivo escuchó sus preguntas con estudiada atención. «Querido doctor —comenzó diciendo— la institución valora la contribución de su ciencia en la medida en que ella valida las decisiones y políticas corporativas; su aporte es capital para desacreditar ponencias alternativas y contrarrestar todo dato discrepante. Respecto al futuro de su laboratorio, dentro de una política de agilización administrativa, la organización considera aplicar un concepto modular. Por ejemplo, digamos que este viernes se decide que, a partir del lunes, su departamento pasará a cumplir las funciones del de transporte y viceversa. Se espera que el lunes por la mañana cada dirección y cada empleado sepa cuales son sus tareas, porque finanzas seguirá siendo finanzas, recursos humanos continuará siendo recursos humanos, lo mismo archivos, inventario, informática, relaciones públicas, etcétera. Pero un laboratorio de investigación, especializado como el suyo, ¿qué podría hacer?» Y agregó: «¿podría usted inspeccionar vehículos?»

Durante el rápido descenso a la planta baja sintió el cambio de presión. Fue cuando imaginó que todo podía ser un cuento. Fue cuando despertó a la narrativa mimética, la literatura de ficción.

José Campione-Piccardo

PREGUNTAS AL AZAR

Hoy domingo, al atardecer, en vuelo de menos de una hora, viajé de Martinica a Barbados, donde pienso descansar un par de días antes de regresar a Trinidad, previo a mi retorno definitivo al Canadá dentro de unos meses.

El viaje a la Francia insular y caribeña fue por motivos de trabajo, por lo que tuve que hacerlo solo. Pero tengo que admitir que he pasado una semana exquisita, por lo menos desde el punto de vista gastronómico, porque en otros aspectos hubo contratiempos: no pude tener a mano el celular (lo dejé olvidado en Puerto España); además, debí hacer una incursión al centro comercial de Fort-de-France con el fin de adquirir ropa *conveniente* para las reuniones de rigor *y hasta* comprar algún adminículo *imprescindible* para el confort personal, porque la maleta nunca llegó.

Al hacer el *check-out,* en el hotel Batelière, pregunté si, por azar, no habría llegado a último momento. Negativo. Una vez en el Aimé Césaire, en el *guichet* de la compañía, volví a inquirir si, por casualidad, no se hallaría en el aeropuerto. La joven que me atendió indicó que posiblemente se hallase en tránsito y que las maletas rezagadas solían terminar en la oficina de encomiendas, pero que era domingo, y el encargado de esa oficina, al parecer, aún no llegaba, y que los domingos, casi siempre, llegaba tarde, cuando llegaba. No quedaba sino esperar, tanto en tiempo como en esperanza.

Ya prestos a abordar, en la puerta de embarque, por si acaso, volví a preguntar —con igual resultado—. Abandonando toda ilusión, ascendí la escalerilla del Dash-Bombardier y derramé mi desaliento en una de las butacas a babor pensando que no la volvería a ver hasta Puerto España. De pronto, pasos agitados retumbaron metálicos desde la portezuela de la nave. Segundos después, irrumpía en la estrecha cabina la misma joven con quien había hablado a mi llegada al aeropuerto. Con una sonrisa, me hizo entrega del talón de identificación de la maleta y agregó que me estaría esperando a mi arribo, en Barbados.

El reencuentro fue en el Grantley Adams, junto a la cinta de equipajes. La reconocí de lejos, no bien la vi. Venía hacia mí. No podía creer mis ojos. No comprendía cómo podía haber llegado hasta ahí. No sabía como asirla —como aquella vez en el aeropuerto de Frankfurt, y luego en tantos otros—. Igual que entonces, viajé al hotel con ella en el taxi, y al llegar frente a la puerta del cuarto, la levanté en vilo y la entré en brazos.

Y aquí la tengo, ahora, a mi lado, en el Grand Barbados, *y en lo oscuro.* Hasta que alguna aerolínea, como la vida misma, nos vuelva a separar y me prive, una vez más, de aquello que —al decir del poeta— *desbarata por una vez la muerte.**

José Campione-Piccardo

* Benedetti, M. *Una mujer desnuda y en lo oscuro.* Preguntas al azar. Visor Libros, Madrid 1986.

UCLUELET

Lo miró de frente: alto, delgado, con su cabello corto y labios pintados. Le preguntó si quería su *scone* para llevar o para comer ahí.

—*To go* —respondió.

Las personas en la fila lo miraban de arriba abajo con morbosidad.

Pasó entre ellos como un fantasma.

Zoe era la mejor panadería de Ucluelet y Javi trabajaba allí desde su llegada, hacía tres meses. Javi hablaba un inglés con acento, pero a nadie le importaba. Era surfista y lo del trabajo siempre le iba bien mientras pudiera estar cerca de las olas.

Lo, la, volvió a ver, dos, tres, cuatro veces. Siempre a la misma hora, los domingos. La gente lo, la, miraba. Aunque no había nada en él/ella, que fuera exagerado. Su ropa clásica, sus zapatos casi de abuela, su voz delicada, masculina, y sus gestos tan femeninos como los de su exnovia de Alicante. Le gustaba la forma directa en que el chico/chica, lo miraba a los ojos y le pedía su *scone* favorito.

Una tarde, mientras surfeaba, pensó en ella. En ella, no él, en sus labios pintados y sus ojos cafés, en su figura tan similar a la de un maniquí. La ola lo tumbó y debajo del agua se imaginó besándola despacio.

Al siguiente domingo la chica no llegó. Tampoco a la siguiente semana. Javi se extrañó, la extrañó. Nunca le preguntó nada más que por lo que quería. Sospechó que tal vez solo había estado de vacaciones. Mejor así, pensó.

Las semanas del verano pasaron rápidas, quizás era tiempo de pensar, de moverse a otro lugar, pero le gustaba Ucluelet, la playas, las olas, su trabajo, la neblina, inclusive la lluvia. A finales de septiembre bajó la temporada de turistas, ahora tenía menos plata en sus bolsillos, pero más tiempo para él.

Una tarde, en su furgoneta, la vio caminando justo antes del letrero de bienvenida al pueblo. Llevaba los mismos zapatos de tacón discreto, un vestido granate vaporoso, una chaqueta de cuero negro, una licra de deporte negra hasta los tobillos y un bolso.

Lloviznaba y ella caminaba un poco afanada.

Al pasar frente a ella, Javi detuvo el coche. Nunca fue de mucho hablar, solo le preguntó si podía llevarla a alguna parte.

La chica se sorprendió.

—Voy lejos —le dijo.

—Yo también —le respondió Javi.

La chica dudó.

—Tal vez no —le dijo.

—¿Por qué no? —le preguntó en español— No muerdo.

Ella sonrió como cuando le pedía su *scone*.

—Si subo, tal vez no me quiera bajar —le contestó con un español perfecto.

—Jolín, pero si hablas español, tía.

Ella volvió a sonreír y siguió caminando.

El sorprendido ahora era él. Se quedó mirándola un rato.

Como en las olas que vienen despacio y empiezan a crecer, Javi prendió el motor, detuvo de nuevo su coche frente a ella, abrió la puerta y en ese momento fue él quien sonrió.

Maria Adelaida Escobar Trujillo

DOS PALABRAS

Una tarde de diciembre jugábamos un partido de fulbito en la quinta. Esa mañana había recibido mi libreta de notas, la que, furiosa, mostraba en su interior un rojo «Tres» a todo lo largo. Me habían jalado de año. La palabra «Desaprobado» aparecía también en forma notoria. Me fui a jugar un partidito de fútbol tratando de no pensar en el serio problema en que me había metido.

Yo, que estaba de arquero y por lo tanto en la puerta de la quinta, casi en la vereda, fui el primero en ver venir a un hombre, un cabezón, con bigotitos, cargado de muchísimas bolsas hasta el cuello y un par de ojotas colgando del brazo. No era raro ver pasar a estos panzones por el barrio, pero lo que me llamó la atención de éste fue que, además de todo lo que cargaba, tenía puesto un chullo amarillo, lo cual era increíble con el calor que hacía en diciembre.

El hombrecito se paró a mi costado, distrayéndome, por lo que tuve que dejar de jugar.

—Disculpa niñito, pero tengo sed. ¿Algo me puedes dar?

—No hay nada —le dije.

Estaba a punto de seguir jugando, pero hasta ahora no sé si sería la curiosidad, cierta expresión de real hambruna en la mirada del tipo, o quién sabe, me encontraba en uno de esos momentos compasivos que me atacaban a veces y que mis amigos detestaban, como muestra de debilidad. Le dije que se esperara un momento. Subí a mi casa a consultar con mi mamá y bajé a los cinco minutos con dos papas rellenas en un platito de cartón más un vaso de chicha morada.

—Muchas gracias niño. Eres muy bueno.

El serranito se despidió de nosotros. Al final perdimos el partido, pero la verdad no importaba mucho.

Subí corriendo a la casa, pensaba en cómo le explicaría a mi papá lo terrible de mi situación escolar, cuando llegara de la oficina. Mi mamá ni me había preguntado por la libreta, seguramente pensando que no había problema alguno.

Escuché la voz de papá, quien abrió la puerta de mi cuarto, muy serio.

—¿Tu libreta? —preguntó mirándome a los ojos.

—Acá está —dije temblando luego de sacarla del maletín.

La abrió, mientras yo sentía que me reducía de tamaño.

—No está mal —me dijo serio— pero podía haber sido mejor —la cerró, poniéndola sobre mi escritorio con cierta indiferencia. Se fue al comedor.

Me acerqué a mi escritorio, abrí la libreta con ansiedad, y pude ver, con grandes letras azules escritas a lo largo, dos palabras: «Ocho» y «Aprobado».

Corrí hasta el balcón mirando a ambos lados de la calle, a tiempo de ver al serranito a una media cuadra de la casa, hablando con un grupo de muchachos. Volteó hacia mí, lo saludé moviendo mi brazo derecho con fuerza. Alcancé a ver que me sonrió. Yo también sonreí con muchísima felicidad. Fue el comienzo de un verano realmente extraordinario para mí.

Guillermo Rose

EL EFECTO HÍPSTER

Cuando Orlando miró su propia cara en la pantalla de la computadora, quedó en *shock*. ¿Cómo es que estaba allí su fotografía? Sintió lo que debía sentir la gente sobre la que leía todos los días y aquellos por los que muchas veces firmaba peticiones en internet: las víctimas, los humillados, los inculpados injustamente.

Cuando la sorpresa inicial pasó, y por fin pudo leer el texto que acompañaba su imagen, sintió que las puntas de sus dedos se congelaban. Miró su foto: la camisa de leñador con efecto pre-usado, el gorro de marca tejido a mano, y su perfil de hombre cuarentón, guapo, inconforme, auténtico —el *Marlboro-man* contemporáneo— rudo y sensible a la vez, con músculos perfectos y manos limpias, amoroso, decidido a pelear por los derechos humanos, por la ecología, el uso de los popotes de carrizo, del veganismo, el uso de la bicicleta. ¿Qué era este abuso? El artículo del *MIT Technology Review* lo hacía, además, pedazos. "El efecto *hípster*", decía el encabezado, que luego criticaba la vida del urbano rebelde. Decía que de tanto buscar parecer diferentes, todos los *hípster*s acababan siendo idénticos: misma camisa, misma apariencia *cool*, misma barbita de tres días, misma inteligencia superficial.

Orlando golpeó su escritorio tan fuerte que derramó una parte de su café ecológico y sustentable. Ni siquiera lo notó. La cosa no se iba a quedar así. Después del *shock* inicial sintió el calor de la rabia. Era su momento de pelear por los derechos humanos. Porque de pronto, su injusticia era sinónimo de la injusticia de todos los hombres, mujeres, y niños, y LGTBIQ+. Orlando aplazó indefinidamente el trabajo de la oficina de diseño gráfico, para darse el tiempo de redactar la acusación que —varias horas más tarde— envió al jefe de redacción del *MIT Technology Review*, el señor Gideón Lichfield.

Cuando el señor Lichfield leyó la extensa carta que acusaba al MIT de calumnia, quedó, a su vez, en *shock*. ¿Cómo era posible que lo acusaran de usar una fotografía sin autorización? Cuando la sorpresa inicial pasó, enseguida escribió un correo electrónico al departamento legal, con copia al CEO de la revista del MIT.

Menos de dos horas después, las oficinas de *Getty Images* le contestaban a Gideón. Era un hecho: la fotografía que habían vendido con licencia a MIT para su artículo sobre el "efecto *hípster*" era de un hombre distinto al que acusaba a la revista. Sus nombres no coincidían, ni podía ser la misma persona. La foto no era del tal

Orlando y la demanda no podía proceder. Gideón miró la pantalla de su computadora sin entender lo que acababa de leer. Resultaba que quien los pretendía demandar por uso indebido de su imagen, no era el mismo de la foto. Eran parecidos. Idénticos, incluso. Pero no era la misma persona.

Pobre hombre, pensó de pronto Gideón Lichfield. Y enseguida le pidió a su asistente, auténtico hombre de camisa de estilo pre-usado y barba de tres días, que le escribiera un correo explicándole la situación a Orlando, *hípster* de Nueva York, hombre inconforme y auténtico.

Antolina Ortiz

BUFÓN

El hombre escribía. No sabía muy bien porqué pero escribía. O mejor dicho, si sabía cuál era la razón pero le daba algo de vergüenza admitirlo. Lo hacía, muy en el fondo, se decía a sí mismo, porque era la única manera de lograr expiarse en algún grado de la culpabilidad que creía tener por un motivo desconocido. Y, para completar la ironía, no creía tener el talento suficiente para producir nunca nada meritorio. Así pues, cuando aquella tarde de miércoles se sentó en la gastada silla al frente de su vieja máquina de escribir, en medio de aquella casa que parecía resistirse a caerse en pedazos, más por su propio mérito que por los cuidados que aquel hombre le diera, no se sorprendió al ver delante de él a otro hombre, aunque viviese solo.

—¿Puedo ayudarle en algo? —preguntó el escritor en un tono poco convencido.

—¿Es usted el escritor? —preguntó a su vez el hombre.

—Nadie me ha llamado nunca así, pero soy, en efecto, un escritor —y luego añadió— y usted, ¿quién es?

—Soy el Personaje.

—Está bien.

—Y vengo a matarlo —añadió el Personaje, con un tono que denotaba que estaba decidido pero que nunca habría pensado decir esas palabras en voz alta.

El escritor ajustó su hoja en la máquina. Sabía que tenía que cambiarle un par de letras, gastadas como estaban y que el rollo de tinta ya no estaba pintando bien. La máquina era un estropicio, pero no había más remedio. Hecho esto, el escritor empezó a escribir, mientras el Personaje lo miraba y apretaba su mandíbula.

—¿No me ha escuchado? Vengo a matarlo.

—Lo escuché bien la primera vez.

—¿No piensa defenderse?

—No.

El Personaje no supo muy bien cómo responder, así que se quedó en silencio, viendo al escritor con su máquina de escribir que llenaba con su traqueteo toda la casona. El escritor continuó su trabajo durante un rato más, hasta que, sin levantar la mirada, increpó al Personaje.

—¿Va a quedarse ahí sin hacer nada?

—Pero es que... vengo a matarlo —dijo una vez más el Personaje, ya menos convencido.

—Si, eso ya lo estableció. ¿Cómo piensa hacerlo?

El Personaje permaneció en silencio un momento.

—No sé —respondió penosamente.

El escritor no pudo evitar sonreír. Había terminado una página y mientras cambiaba la hoja levantó la mirada. El proceso ya le resultaba mecánico y podía hacerlo sin prestarle atención, salvo para ajustar los márgenes.

—Si quiere vuelva la otra semana, a ver si ya se ha decidido.

—Puede ser.

El escritor comenzó de nuevo su tarea, concentrado sólo en la hoja que tenía al frente.

—Ya va siendo hora que tuviera decidido un método, ¿no le parece?

Esperó una respuesta, y al no recibirla, el escritor levantó la mirada y se percató que estaba solo y en alguna parte a la distancia se escuchaba el canto de las aves. Así que continuó escribiendo.

Brandon Jiménez

CODA

La música de un viejo piano inundaba la habitación aunque nadie lo estaba tocando y, después de todo, el último viejo piano había desaparecido en la última gran guerra. Afuera, una cansina lluvia ácida caía sobre los destrozos de la gran ciudad en ruinas. Los escombros, mudos testigos del gran final, se mecían bajo la suave brisa a manera de árboles, ausentes también de este nuevo mundo. A pesar de todo, la suficiente luz solar atravesaba la capa de nubes y permitía a los capacitores reunir suficiente electricidad y esto hacía que de tiempo en tiempo algunas partes de la ciudad funcionaran, como el reproductor de sonido que justo en este momento hacía sonar alguna obra perdida de Liszt.

De repente, de algún lugar en medio de las ruinas, una mano emergió. La dueña de la mano, una mujer rubia, llena de cortadas y moretones, intentó como pudo levantarse, después de librarse de aquello que tenía encima. Respiró finalmente, dando una bocanada y resguardándose rápidamente de la lluvia. Un buen rato después, cuando amainó, pudo subir a uno de los pocos edificios que estaban completamente en pie y desde allí contempló la devastación y sin quererlo, se percató de ese silencio que solo viene de la ausencia de vida, y no sólo de seres humanos: no había árboles, plantas, fauna salvaje, nada había sobrevivido. Gritó, desde el fondo de sus pulmones, pero su voz se quedó allí, en un par de metros, ahogada en una nube de silencio y se dió cuenta, con una especie de asombro celular, que era la última humana sobre el planeta. Justo en ese momento de entendimiento, vió a lo lejos un punto en el cielo, que al principio pensó que era un asteroide y luego se dió cuenta que era una nave, bruñida y hermosa bajo el cielo rojizo de mediados de agosto. Y ella, sintiendo que era su deber como terrícola, partió a su encuentro.

La mujer, casi corriendo, se movió por la ciudad hasta llegar a una especie de claro donde veía que la nave preparaba su aterrizaje. Por un momento no supo qué sentir, hasta darse cuenta que estaba invadida por la felicidad de volver a interactuar con criaturas inteligentes. La nave, que en ese momento desplegaba algún tipo de patas que ayudaban a posarse, seguramente estaría llena de respuestas que ayudarían a restaurar la humanidad. La nave se posó y la mujer no supo muy bien qué hacer, más que ubicarse en frente de lo que parecía una plataforma de desembarque, abriéndose justo ante sus ojos, y allí apareció una criatura, y la mujer solo pudo pensar en la palabra «bella» para describirla. De repente, sintió un latigazo de dolor y cayó de rodillas, impactada por un rayo lanzado por este ser. Lo último que pudo sentir fueron las palabras «fauna local» en su cabeza, como proyección de los pensamientos de la criatura, antes de extinguirse en la oscuridad.

A lo lejos, la Danza Macabra de Liszt seguía sonando.

Brandon Jiménez

DE CÓMO ME HICE VAGABUNDO

Unos meses después de huir de Detroit, estuve trabajando en una panadería haciendo donas. Quería volver a la música, hacía demasiado que no tocaba el piano, pero necesitaba el dinero. Como secuela de esa época todavía me da asco acercarme a pedir dinero a cualquier negocio donde venden donas. Más asco me da cuando alguien, un trabajador social o una hermana de la caridad, da igual, me las entregan con sus caritas falso-compasivas. Unos meses después de huir de Detroit, decía, gané un poco de dinero haciendo donas, emprendí un viaje en bicicleta por Ontario y terminé instalándome en Toronto. Un viejo amigo del conservatorio me consiguió trabajo como pianista en un cabaret de enanos en la calle Jarvis. El trabajo me divertía, aunque apenas cubría mis pocos gastos, una cama blanda y dos que tres botellitas de alcohol. Entre los espectadores había un enano que siempre se sentaba a tomar un *whisky* conmigo después de cada espectáculo. Hablábamos de música. Él también había querido ser pianista, pero su familia se lo impidió aludiendo a las burlas que le harían. Tenían razón. Yo me reía nada más de imaginármelo tocando el piano miniatura en un bar de enanos.

Más o menos un año después de nuestro primer encuentro, Kash, el enano, me preguntó si estaba satisfecho con mi carrera como pianista. Asentí y le contesté:

—Es mejor que hacer donas.

Kash distinguió algo raro en mi mirada. Me dio su tarjeta:

—Ven a verme el lunes. Tengo una idea.

El lunes temprano me presenté en su oficina, acicalado y con perfume en el cuerpo. Su oficina estaba en el hotel Royal York. Tenía alfombras persas y una araña luminosa. Un séquito de enanos me condujo hasta él. Cuando entré, Kash me dio una bienvenida afectuosa y me contó que era el director del departamento de inclusión y diversidad de la cadena de hoteles Canadian Pacific. Después de conversar un rato sobre la historia de los hoteles, me dijo que estaban buscando a una persona que pudiera desempeñar el papel de vagabundo oficial de la compañía. Pensé que se trataba de una broma, pero Kash me siguió explicando, muy serio, que el objetivo era mandarme a todos los hoteles de la cadena durante un año disfrazado de vagabundo y comprobar si los empleados de la recepción le estaban dando un trato justo a cada persona, independientemente de su aspecto.

Acepté y durante un año visité toda la cadena de hoteles, vestido como vagabundo, tomando notas del comportamiento del personal. Cuando el contrato terminó y volví al hotel Royal York para cobrar mi cheque, el cabrón del enano había desaparecido. Me puse a gritar en el *lobby*, quería mi cheque. Los guardias me sacaron a jalones. Forcejeé y terminé inconsciente en el suelo, a unos metros de la entrada, donde todavía hoy vivo. A veces el séquito de enanos viene, sin que nadie los vea y me lanzan sus donas mordidas. Hijos de puta.

Laury Leite

ERAN LAS CINCO Y MEDIA

Eran las cinco y media de la tarde cuando Rosalba, la esposa de Jorge, supo que él se había ganado la lotería. Él siempre creyó que el número 3957 le cambiaría su vida.

El jueves 29 de abril, después de salir de su trabajo, Jorge se dirigió a comprar algunas verduras y especias, que su esposa le había solicitado y para él, un billete de lotería con su número de la suerte. Lo metió dentro del bolsillo lateral de su pantalón de trabajo, que cerraba con dificultad, para que Rosalba su esposa, quien detestaba los juegos de azar, no lo notara.

De regreso a su hogar, sus hijos lo recibieron y Rosalba le invitó a sentarse a la mesa mientras terminaba de preparar su ensalada favorita, con lo que él recién le había traído y acompañarla con una sopa de garbanzos. Jorge, mientras esperaba que la familia se reuniera alrededor de la mesa, vio reflejado sobre la superficie de la sopa el número que le cambiaría la vida si acertaba y recordó las palabras que ella siempre le repetía: «Siempre te gastas el dinero en cosas inútiles. No olvides que debemos la renta y nunca salimos a divertirnos con nuestros hijos».

Jorge la miraba con un poco de vergüenza por haber comprado un billete de lotería. Se puso su pijama y colocó sobre la silla del tocador su pantalón.

Se acostaron después de cenar y al día siguiente él se fue a trabajar como de costumbre.

Al terminar la jornada, el lotero lo llamó con expresión de asombro para comunicarle:

—¡Señor, se ha ganado la lotería! El premio gordo cayó con su número y la misma serie de su billete. ¡Felicitaciones!

Jorge salió corriendo hacia su hogar. Pensó en todo lo que podrían comprar, en la nueva casa, en cambiar de escuela a sus hijos, en ofrecerle a Rosalba una nueva vida sin sufrimientos, en ayudarle a sus hermanos y en pagarle a su madre el tratamiento que se había visto obligada a suspender por falta de recursos.

Al llegar, saludó a sus hijos y abrazó a Rosalba.

—Amor, tengo que hacerte una confesión. Ayer compré la lotería y… ¡nos la ganamos! Dime, ¿dónde pusiste el pantalón?

Ella abrió sus ojos despavorida y le respondió:

—No me digas que lo dejaste en el pantalón de ayer. Sabes que diariamente los lavo.

Él la miró con terror. Tomó el pantalón mojado, abrió el bolsillo y se percató que en el billete ya no se veía el número.

Patricia Morales Betancourt

EXAMEN DE ADN

Se podría decir que hasta entonces, si no fuera por el deceso de su padre, todo iba muy bien en la vida de Melisa: tenía un buen trabajo, se acababa de independizar, había hecho dos viajes con los que tanto había soñado y se había comprado su primer auto nuevo. Vivía sola; sin embargo, contaba con el afecto de su numerosa familia: cuatro hermanos mayores, sus esposas, nueve sobrinos y su madre —María—, todavía lúcida y con salud. Era una familia fantástica.

El padre falleció de atrofia muscular bulboespinal. Melisa se enteró del diagnóstico apenas un mes antes porque en casa solo hablaban de sus síntomas. Cuando supo que era una enfermedad hereditaria decidió hacerse un examen para saber si la llevaba. El doctor le dijo que las mujeres no solían sufrir ese mal. Google le dijo que los hombres que tenían esta enfermedad solían ser infértiles, lo que obviamente no había afectado a su padre. No obstante —terca como era— se informó y con el rigor requerido tomó tres muestras biológicas de su padre, las que sumadas a las suyas propias sirvieron para solicitar exámenes de ADN para detectar enfermedades genéticas y confirmar paternidad. Casi como un juego.

Los resultados fueron concluyentes: no era su padre y, previsiblemente, no sufría de la misma enfermedad. Demoró dos semanas tratando de aclarar el error con la institución, pero la convencieron de que este no existía.

La primera conversación con su madre fue cordial, comprensiva, delicada, pero María lo negó todo diciendo que los cinco hijos eran todos del mismo padre. Lo afirmó con tantos nervios y repitió tantas veces el número que a Melisa recién se le ocurrió que ella podría no ser la única engañada. Prometió regresar al día siguiente. Su madre la recibió con una actitud agresiva diciéndole que manchaba su honor e insultaba la memoria de su padre. La echó de la casa. Melisa partió, pero volvió a la mañana siguiente. Esta vez la conversación terminó con el llanto incontrolado de su madre cuando justamente llegó Javier, el hijo mayor. Al enterarse de lo que sucedía cerró filas con su madre. Nuevamente, Melisa se retiró con la promesa de insistir el sábado. Al llegar, se encontró con la sorpresa de ver reunidos a todos los hermanos pidiéndole que acabara con esa locura si no quería ser denunciada por acoso familiar y por difamación. Melisa les recordaba que tenía una prueba científica fácil de replicar, pero ellos argumentaban que la madre era católica, virtuosa e intachable. Durante semanas todos llenaron a

Melisa de vejaciones, humillaciones y maltratos. La expulsaron de la familia en nombre del Cristo sacrosanto y la moral. Melisa prometió que no pararía hasta descubrir la verdad, pero donde fue a parar fue al ostracismo; atormentada por la incertidumbre de su pasado, buscando en su barrio a hurtadillas muestras de saliva, mucosidades o cabellos con raíz de cualquier vecino para solicitar los exámenes de ADN de sus hermanos. Terminó internada en un nosocomio para enfermos mentales.

Roxana Orué

«DOS VIEJOS COMIENDO SOPA»

Qué no daría por entender a este viejo —dijo Manuel en voz baja mientras observaba el cuadro «Dos viejos comiendo sopa» en su visita al Museo del Prado. Iris, su esposa, murmuró:

—¿Te refieres a Goya o a uno de los personajes de la obra?

Antes de que pudiera contestar, Manuel empezó a sentir escalofríos. Enseguida su cuerpo entero se heló. Hasta ahí no dijo nada. Sin embargo, cuando aparecieron los vértigos pidió ayuda. Iris lo tomó del brazo con ambas manos y lo guio hacia la banca más cercana. No había dado el segundo paso cuando sintió que Manuel se desplomaba.

—¡Por favor un médico, una ambulancia, mi esposo se ha desmayado! —gritó, sin importarle el silencio de la sala ni el gentío que la llenaba.

Los presentes voltearon a ver lo que sucedía. Dos vigilantes se acercaron, y uno de ellos hizo una llamada informando del caso. De pronto, Manuel movió la cabeza y entreabrió los ojos. En ese instante —nadie lo notó— el personaje de la derecha del cuadro comenzó a perder nitidez, y por debajo del marco del cuadro apareció un humo oscuro deslizándose por la pared y dirigiéndose luego a los pies de Manuel. Lo que sí vieron algunos fue la humareda que salió de la boca de Manuel, elevándose súbitamente hasta convertirse en una nube negra que comenzó a hablar con voz de mujer añosa. Iris se desmayó a la tercera palabra. El personal del servicio de emergencias se hizo presente en ese instante, justo a tiempo. El jefe de seguridad solicitó alerta máxima apenas llegó, y terminó de despejar el salón de los pocos curiosos que quedaban.

Manuel escuchó extasiado el monólogo de la voz achacosa: «Os equivocáis todo el tiempo: ni somos hombres ni tomamos sopa. ¿Habéis visto mi plato, mi cuchara? ¿Sois ciegos? ¿No veis los libros bajo mi mano? Estamos tramando algo brujeril, je, je, je. No os dais cuenta porque todo ocurrió hace mucho. El maestro nos pintó cuando la Inquisición estaba por abolirse, esa misma institución que a veces nos enviaba a la hoguera y que solicitó su comparecencia. Él la criticaba. Una sátira: eso es lo que somos. Estamos en toda su obra desde *Los caprichos* hasta las *Pinturas negras*. Pero no os preocupéis, ya hace dos siglos que escucho todo tipo de versiones. ¡Que preparamos una pócima! Ja, ja, suena bien, ¿no? Que somos la muerte escogiendo a su próxima víctima. Me gusta. En el fondo somos lo que vosotros sentís. Gracias por decir las palabras mágicas, majo; necesitaba aclarar esto. Ahora, tengo que dejaros».

Manuel se incorporó pálido, sin dar crédito a lo que acaba de vivir.

—¿De dónde vino esa voz femenina? —preguntó anonadado a los paramédicos.

—¿Usted también?

—¿A qué se refiere?

—Su esposa preguntó lo mismo, pero el único que ha hablado aquí es usted en su delirio.

—… Y el humo, ¿tampoco lo vieron?

—Eso sí. Parece que salió de una tubería. Están investigando.

El cuadro seguía como siempre.

Manuel no.

Roxana Orué

ISMAEL

La primera vez que Genaro vio a dos hombres agarrados de la mano fue un sábado en la tarde en un supermercado del centro de Toronto. Genaro no llevaba mucho tiempo viviendo en Canadá y tuvo que cambiar de canal mental para recordar una vez más que ahora estaba viviendo en un país progresista y que estas cosas no admiraban a nadie. Hay que adaptarse a una nueva cultura, a nuevas prácticas, y éste es uno de esos cambios, como tantos otros a los que habría que adaptarse, como la lengua, la libertad de expresión y el hecho de que ahora vivía en un país democrático —se dijo. Ese mismo sábado, además de ver a los dos jóvenes tomados de la mano, los vio cómo se miraban con cariño, demostrando la relación íntima que tenían. Genaro se decía que no se debía sorprender, que él después de todo era una persona progresista, educada y con una mentalidad abierta. Y él estaba en Canadá, no allá en su pueblo. Cuando se dijo esto su mente voló a San Jacinto, el pueblo en el que había crecido junto con sus primos y amigos. La pareja del supermercado también le hizo recordar la mirada triste de Ismael Ramírez, el chico de diecisiete años de palabras suaves y de actuar no muy varonil. Ismael había tenido cuidado en ocultar su preferencia hacia chicos de su mismo sexo. Con los pocos con los que había tenido algo se portaba muy discreto y la gente no se metía con él.

Desde su moderno Canadá, Genaro, ahora un respetado agente de bienes raíces y ciudadano ejemplar, recordaba lo intolerante que a veces podía ser la gente de San Jacinto hacia aquellos que no se sometían a las reglas. Se le venía a la mente la imagen de Ismael tirado en la calle polvorienta mientras un grupo de cinco chicos lo pateaban en las piernas, el estómago, la espalda y hasta en la cara mientras le gritaban: ¡Maricón de mierda! No estaban en una calle muy transitada y Genaro había pasado allí por casualidad. Le daba lástima ver a Ismael allí, cerrando los ojos de dolor cada vez que recibía un golpe. Ismael notó su presencia y bajó los ojos entre avergonzado y resignado. Genaro pensaba que no podía hacer nada. Eran cinco jóvenes, adultos casi, todos fuertes, y él era uno nada más, uno contra cinco. No era posible.

La paliza que le daban a Ismael era el resultado de unos rumores sobre su homosexualidad que habían comenzado a circular. Y ahora los chicos, todos enmascarados, le daban una lección al mariconcito ese.

Pero él tuvo la culpa de que yo comenzara el rumor —se decía ahora Genaro—; no me gustó que me tocara de manera inapropiada cuando nos bañábamos en el río los dos solos. Por eso comencé a contarles a algunos amigos sobre Ismael, a regar el rumor de que Ismael era maricón. Él tuvo la culpa de que le hayan sacado la mugre esa tarde.

Julio Torres-Recinos

IRNOS

Tiene que irse.

—¿Cómo?

—¡Qué se vaya!

—¿Adónde, oficial?

—Adonde quiera, pero en este pueblo ya no se puede quedar, señor.

—¿Y por qué, oficial?, todavía no entiendo, de verdad no entiendo.

—Se va como se van todos, como ya se han ido.

—¿Y eso por qué?, si aquí nacimos, aquí en Trinity crecí, enterré a mis padres, pesqué bacalao cada mañana. Cada pescado que nutrió a esta gente, que se llevó el gobierno. ¿Y ahora nos dejan sin pueblo?

—Tome sus cosas y váyase. No lo haga más difícil.

—¿Y la lancha?, ¿cómo me llevo una lancha que nunca podré cargar? Sin lancha no como, ni yo ni mi familia, es la que nos da dinero.

—No lo sé, yo sólo soy policía. Eso lo puede ver con el ministerio de pesca.

—No. Nosotros aquí nos quedamos. Al ministerio de pesca nunca lo he visto. Déjenos en paz.

—Bueno, pues quédese, pero usted y su familia estarán solos. No habrá tiendas, ni negocios, ni barcos, ni nadie que les compre bacalao. Alguien siquiera con quien conversar. Todos se están yendo. No ve que las casas están vacías, hasta los curas, el que sea: el anglicano, el católico o el presbiteriano, ya abandonaron los templos, por eso no hay misa desde hace días. ¿No lo ha visto? ¿Y ya se dio cuenta cómo el mar mueve las barcas viejas, las que nadie se llevó, las que azotan a la madera como un crujido de lo viejo?

—¿Y usted por qué no se ha ido, oficial?

—Ya es demasiado tarde, el frío me hundió en la tierra. Mi abrigo no pudo protegerme de la tormenta. Todavía recuerdo los copos, las lanzas de nieve por mi rostro, todo ese gélido templar del aire incrustado en mis costillas, en mis piernas, ya tiesas mientras bajaba la colina. No veía nada. Sí, ahí quedé. Los dedos de las manos se me fueron endureciendo mientras sentía el dolor de mis mejillas y de mis pies. Luego, el frío de la nieve ya no me dolió, y poco a poco me volví una joroba de nieve, hasta que me encontró usted, Jeff. ¿Se acuerda?

—Sí, y entonces intenté revivirlo, pero fue inútil. Me tomó de golpe la tormenta, se juntó la nieve en mi rostro y en mis dedos. Así fue como me dejó el frío, junto a usted, y todo por buscar al hombre que violó a mi mujer, al que se la llevó a la colina.

Ángel Mota Berriozábal

CALIENTE, CALIENTE

Para su segunda visita a Canadá, a finales de enero de 1990, mi hijo Miguel tenía poco más de tres años. Ahora llegaba para quedarse y no sólo a pasar unas vacaciones veraniegas, como en aquella ocasión cuando recorrimos los sitios más conocidos del corredor turístico Niagara-Quebec. El verano había sido mansamente caluroso, pero ahora era un frío intenso y despiadado el que recibió a Miguel, tan solo atravesando las puertas de salida del aeropuerto de Mirabel. Su reacción, inesperada, nos sorprendió, pues él, que era muy poco dado al llanto se soltó llorando, no sabiendo que otra cosa hacer ante el malestar que le provocaba ese viento helado que le entumecía hasta el dolor sus finas manos.

No tardó mucho Miguel en adaptarse al clima canadiense y a los, para nosotros entonces, extraños rituales, como el retirarse el calzado al entrar a las casas, o el truco para que los niños no extravíen sus guantes, al hacer que estos pendan de un cordel que va por el interior de una manga a la otra del abrigo. Le tomó menos de un año a Miguel para convertirse en aguerrido y curtido canadiense. Lejos quedaba la pregunta que nos había hecho al poco tiempo de llegar: ¿Por qué la gente de ahí no sabía hablar?

Fue hacia finales de nuestro segundo invierno que sucedió. Un anodino sábado de compras al regresar cansados cargados de bolsas a la casa. Tras desempacar y acomodar las cosas me fui con Miguel a ver un rato la tele, dejando que Eugenia preparase la cena. Todavía no ponía nada a calentar cuando, inquieta, me pidió que me asomase a la cocina, preguntándome si no olía a quemado. Me costó un poco de tiempo para también percibir un tenue olor. La alarma de incendio, tan proclive a desencadenarse al menor humo, se mantenía obstinadamente muda, lo que nos tranquilizaba un poco, pero no nos ayudaba a despejar la incógnita. Procediendo por eliminación, desconecté la calefacción central, y bajé la temperatura de los termostatos. Pasados unos minutos, el olor no disminuía, por el contrario, se hizo más intenso. Revisamos los enchufes eléctricos y palpamos, sin resultado positivo, las paredes a ver si detectábamos zonas calientes. Llevábamos más de una hora buscando infructuosamente y ante el temor de que mientras más tiempo pasara las consecuencias pudieran ser peores, llamamos a los bomberos. Llegaron en unos cuantos minutos, ocho fornidos e imponentes bomberos, bien equipados en sus pesados uniformes, inspeccionaron a fondo los tres pisos de la casa, sin hallar nada. Preguntaron si habíamos quemado azúcar. No. Ellos también lo olían, no era nuestra imaginación, pero dado que todo parecía en orden y las alarmas en buen funcionamiento, nos anunciaron, a desesperación nuestra, que se marchaban. Fue entonces que uno de ellos, descubrió, alzando la vista, un calcetín de Miguel, que al descalzarse acabó posándose en una de las bombillas de la lámpara del comedor y había estado consumiéndose lentamente. ¡Tierra, trágame!

Ramón Fexas

HABLANDO DE TACOS EN CANADÁ

La taquería más sublime que jamás haya existido en Canadá se materializó en la Ciudad de London, Ontario, allá por el 2012. Suena inverosímil decirlo. Uno juraría que tal cosa solamente se podría dar en Toronto o Montreal. Y sí, en Montreal puedes darte el gusto de ir al Rois du taco, probar unos buenos tacos que te trae un chilango muy amable, y pasearte después por la tiendita para llevarte tus latas de nopales, tu queso Oaxaca. Puedes ir al viejo Montreal y disfrutar de una noche auténtica con mariachis a luz de candelabro... al *downtown* de Toronto a degustar un taco mexicano *hípster* con cambucha para amarrar... a Leamington y convivir con los compas que trabajan en las tomateras.

Pero para tacos tacos, lo que se dice tacos, el lugar más mágico y alucinante en la historia de Canadá llegó a existir en la aburrida ciudad de London, sobre *Wellington Street*, un poquito más allá de las vías del tren, por donde paseaban, y siguen paseando los indigentes de la ciudad. Era un guacalito, una caja de zapatos con paredes amarillas, que por un momento tan breve llevó, y a toda honra, el nombre de Tacos El Enano. Al entrar lo primero que notabas era la televisión en la esquina montada casi hasta el techo, siempre proyectando, y sin falta, película del Santo o Cantinflas.

Detrás del mostrador, siempre el mismo creador, la misma entidad cósmica. Llegando a los 60s, moreno, con diente de oro, melena atada en una cola... Don Juan, «El Enano» tenía la pinta de un viejo jugador de futbol, el zen de un ex-boxeador, el carisma de un bailarín.

El chiste es que don Juan, me contaba él, había venido a parar a London, desde el mero Hidalgo, porque la hija se le casó con un canadiense. Y su yerno era precisamente quien le había ayudado a montar el *restaurant*.

Y bueno, ¡los tacos! ¡Qué sazón! De lengua, suadero, carnitas, de al pastor con su trompo y la piña. Tortillas coquetonas remojadas en aceite... Cubetas de cebolla y cilantro y limones, cuatro tipos de salsa... todo al alcance y gusto del comensal.

Como era pobre, iba por mis dos tacos semanales que costaban en ese entonces dos dólares y cincuenta cada uno. Pero como venían bien surtidos y con doble tortilla, se convertían en cuatro, ¿ves? O sea, que te echabas tu tremendo banquete por 6 dólares más 2 de propina.

Y así fui tan feliz un tiempo, a pesar de todas las broncas que tú ya sabes… hasta que un día llegué y me encuentro leyendo un aviso que habrá pegado un burócrata de la ciudad de los bosques… qué el establecimiento se cerraba por no haber acatado las reglas o condiciones requeridas por la ciudad de London.

Luego supe cómo estuvo la cosa… que el yerno simplemente ya había invertido mucho en el negocio, y con todo eso, el lugar aun no contaba con un sistema lo suficientemente adecuado de ventilación.

Felipe Quetzalcoatl Quintanilla

CORAZÓN DE ORIGAMI

Cansado de dar vueltas en la cama, de apretar los ojos para obligarme a dormir y de la preocupación que la noche se acortaba, pero el insomnio crecía, decidí ir a buscar entre los libros que cubren las paredes aquel corazón de origami que algún día me diste. Al encontrarlo lo desenvolví. Sobre la mesa del comedor quedó abierto el blanco papel vacío, desprotegido. Me pregunté si sus pliegues simulaban caminos o heridas, pero ¿cómo iba a saberlo? Hacía tanto tiempo ya desde nuestra ruptura y lo único que había quedado de nosotros era un túnel, un pozo oscuro, una ola.

La tetera silbó. Derramé el agua hirviendo en la cafetera francesa y el aroma del café de Timor cubrió enseguida la cocina. Luego me senté en la mesa, frente a la ventana, observando los pliegues del papel y sintiendo el calor de la taza en las palmas, hasta que el sol del amanecer incendió el cielo de las praderas heladas. Algún día llegará el verano, repetí tres veces, resignado y mordisqueando el filtro del cigarrillo. Extrañando, sin duda, el calor de Puerto Vallarta durante los inviernos en los que escapamos del frío miserable de Calgary para hacer nuestras las playas de Nayarit. Por esos días yo había olvidado que todo tiene fecha de expiración, que todo acaba, claudica, se termina. Y cuando menos lo sentí nos habíamos alejado tanto como dos buques de carga que llevan mercancía a puertos opuestos. Mejor dicho, vos te habías ido rápido mar adentro mientras yo seguía aparcado como una panga con la panza en la arena. Y ¿cómo alcanzarte velero rapaz?

Recuerdo de pe' a pa' la tarde que aceptamos la ruptura. Fue ahí, en Puerto Vallarta. Mirábamos el atardecer desde la terraza del hotel. La brisa volaba los sombreros y yo andaba irritado por no haber visto ninguna ballena durante el *tour* en bote. Entonces el cielo púrpura, apagándose, nos hizo vomitar la verdad insoportable que nos llenaba. Dije: esto no va más. Contestaste: sí, lo nuestro ha terminado. Sin siquiera mirarnos a los ojos, ni derramar una lágrima. Y volvimos al silencio.

Para mí sorpresa, en ese momento apareció una ballena lejos en el horizonte. Saltó dos veces, se paseó tirando agua sobre el mar atardecido y se hundió. Recordé enseguida que las ballenas simbolizan renacimiento ¿¡Premonición, coincidencia, locura!?

De pronto en la habitación sonó la alarma-reloj que aún conservo. Salté del susto. Eran las siete y treinta de la mañana, hora en que me despierto para ir al trabajo. Dejé enseguida de evocar tan cruel memoria. Mierda, otra noche sin dormir. Me alisté con apuro, salí de la casa café en mano y no volví a pensar en la hoja en blanco.

Ha pasado ya más de un año desde aquella vigilia. Sin embargo, el papel ajado sigue sobre la mesa del comedor. El tiempo se ha encargado de ensuciarlo, degradarlo, y no encuentro el valor para tirarlo a la basura, incluso sabiendo que jamás volverá a ser un corazón.

German Rodríguez

UN ATAQUE DE FIN

—Lamentablemente, su padre falleció de un ataque de fin —pronunció, enfático, el médico cuántico, a sabiendas de que decía algo difícil de aceptar.

Adam Longer lo observó, perplejo:

—¿Acaso no funcionó el tratamiento de alfaterapia, doctor?

—Mire, señor Longer —lo enfrentó con una mirada de desdén—, recién en el año 2090 se comenzó a experimentar con alfaterapia en delfines, ballenas, elefantes y perros, y mucho antes de iniciar el tratamiento con su padre, usted bien sabía que la glándula pineal de los humanos aún no ha podido ser abierta. ¡Miles de años de calcificación del tercer ojo no pueden ser borrados de un plumazo! Hable con cualquier óptico cuántico, y se lo confirmará.

—Sí, pero usted me dijo que con la alfaterapia ya se había logrado inmortalizar a más de cien pacientes durante los últimos dos años.

El doctor Gone se impacientó:

—¿Qué son apenas dos años en la vida de la Humanidad? Como sabrá, según un reciente reporte de la revista «Bienestar Cuántico», el promedio de expectativa de vida en América del Sur es de quinientos años. Nada despreciable, como ve.

Por desgracia, aún estamos sufriendo los efectos del programa de disminución de la población implementado a principios del siglo pasado por Bill Gates y el Club Bilderberg.

Además, ¿acaso ha olvidado la gran crisis de 2055? ¡La casi totalidad de Canadá, los Estados Unidos de Norteamérica y México, emigró a América del Sur! Y las plagas de insectos y nuevas especies de voraces animales diezmaron a aquellos pocos tozudos que insistieron en quedarse en el norte de nuestro continente.

Como también sabrá, los tsunamis y el decenio de las lluvias sin fin acabaron también con los habitantes de Centroamérica y el Caribe.

Adam Longer hizo amago de interrumpirlo, pero Gone parecía más un conferencista que un médico que da el pésame al familiar de un paciente.

—¡Es importante que comprenda que la alfaterapia es todavía nueva y que, hasta ahora, hemos logrado inmortalizar a apenas unas mil personas! Su padre no fue la única baja que tuvimos.

Esta vez, a Longer le pareció que Gone hablaba más como un militar o un estadístico, que como médico.

—Durante el último mes, hemos perdido también a siete pacientes, la mayoría de ellos, cien o ciento cincuenta años menores que su padre.

Gone pareció recobrar un poco la apostura propia de un científico:

—Como sabe, la nuestra es la mejor clínica cuántica de los Estados Unidos de América del Sur, y es importante que sepa que hicimos todos los esfuerzos posibles.

—¡Lamento mucho el deceso de su padre, señor Longer, —insistió Gone— ¡pero no nos culpe por ello! ¡Sea razonable!

Y respiró hondo, antes de pronunciar su última frase:

—Incluso en los albores del siglo veintidós, Dios aún parece más poderoso que nosotros…

Aprovechando el breve silencio del facultativo y con evidente desánimo, Adam Longer replicó:

—Lo que me cuesta creer es que, habiendo hoy una cura definitiva para todo tipo de cánceres, no hayan podido encontrar nada para combatir un ataque de fin…

Cristián Rosemary del Pedregal

EL ONCE

Hace tiempo que quería escribir esta carta y finalmente hoy decidí hacerlo. Por qué los humanos somos así, aún no lo sé...Nuestro amor no fue un *coup de foudre*. Lejos de eso, el primer día que nos cruzamos, esperando el autobús con Luisa, ni se me pasó por la cabeza que iba a terminar enamorándome de vos. Y menos que vos te ibas a enamorar perdidamente de mí. ¡Qué locura! Te vi distante, ensimismado en tus pensamientos, un poco engreído quizás... Recuerdo que lo comentamos con Luisa esa misma noche: ¡qué tipo extraño! Guapo, sí, pero muy raro. ¿Será gay? Lunático, quizás, alguien que nos puede sorprender con violentas reacciones que contrastan con su tranquilo aspecto. No lo pensé, ni se me pasó por la mente que nos volveríamos a ver. Después me di cuenta que vivíamos en el mismo barrio. Y nos empezamos a cruzar por azar. Una, dos, tres, cuatro, cinco veces. Seis, siete, ocho, nueve, diez, once y una docena de veces. Llegó un momento que cada día nos encontrábamos en distintos puntos de la ciudad. Si no era a la mañana temprano en el gimnasio, era en el autobús 7, rumbo al trabajo. A veces coincidíamos comiendo un sándwich en el bar italiano de la esquina, otras dando vueltas con mi perro por el barrio. Un día nos rozamos corriendo bajo la lluvia y otro más pasamos distantes, sonrientes bajo el sol. Pero nunca habíamos hablado. Y cuando no se habla en el primer encuentro cada vez es más difícil o poco natural iniciar una conversación. Pero un día me animé. Estaba de buen humor y te vi en el 11, un autobús en el que jamás te había visto. Estabas sentado en mi lugar preferido: el sector con cuatro asientos enfrentados. Abriste muy grandes los ojos, tan extrañado estabas de verme como yo. Pensé que era mi oportunidad (y la tuya) y te dije hola. Bueno, «*hello*». Lindo hubiera sido que te dijera hola... Dije «*hello*» o al menos pensé que eso fue lo que salió de mi boca. Sabía que el volumen natural de mi voz era bajo, no sé si me oíste, ni tampoco si me contestaste. Creí percibir un movimiento en tus labios pero quizás me equivoqué. ¿Cómo saber? si el deseo se mezcla con la percepción, y además me cuesta recordar cosas que sucedieron hace tanto tiempo.

Pero hoy no voy a contarte hechos que ya conocés, sino solamente decirte que te quiero. Tal vez me respondas «eso también lo sé». Sí, tenés razón. Pero para mí es importante decírtelo. Porque hoy más que nunca creo que no podría vivir sin vos. Nuestro amor creció día a día, sin que nos diéramos cuenta, en cada desayuno, en cada despedida, en cada pelea. Ya no nos cruzamos en el bus sino en la entrada del baño de nuestra casa. Cuando vamos al italiano ahora nos sentamos en la misma mesa. No coincidimos en el gimnasio porque estamos muy ocupados con los chicos. Y yo te digo «hola», cada mañana, «te quiero». Y vos abrís tan grandes los ojos como aquel día que nos encontramos en el 11.

Marcelo Donato

ÁMBAR

Estábamos sentadas a la mesa. El tiempo, tormenta de arena, le había erosionado a mi abuela todo rastro del ayer. Yo, en cambio, lo sabía todo: por ejemplo, que ella había olvidado quién era yo y de qué iba el mundo. Afuera llovía y el viento arañaba los rosales.

—Qué lindo día —dijo, sorbiendo un poquito de sopa. Su acento eslavo era casi imperceptible cuando no pronunciaba palabras con erre.

Decidí no responder. Me agotaba tratar de convencerla de que días grises y fríos como aquel eran todo menos lindos. Guardó silencio y siguió comiendo hasta que, de pronto, como si se tratara de un ave y yo, su presa, su mirada se posó en mi muñeca derecha.

—Es mía —espetó, soltando la cuchara.

Sentí un escalofrío y fijé los ojos en la pulsera de cuentas de ámbar.

—No, abue —respondí desconcertada—. Estás confundida.

Abrió los ojos y dudó.

—Tengo una igual.

Se me atoró la sopa y tuve que carraspear.

—Come, o mi mamá se va a enojar —dije para distraerla.

Sí era suya. La había tomado "prestada" porque me gustaba y esa tarde iba a salir con mis amigos. Pero a ella no le había gustado nunca que tomaran sus cosas sin autorización. La vergüenza me apretó el pecho como una boa.

Con la vista fija en mi muñeca, continuó:

—Me la dio mi amiga Esther la última vez.

Respiré aliviada: la abuela no tenía ninguna amiga llamada Esther. Era otro de sus desvaríos. Tal vez se le olvidaría el asunto en un minuto, como siempre. Me llevé una cucharada de sopa a la boca y me quedé mirándola, esperando que volviera a comer.

—Esther me dio la de ámbar y yo le di la de plata, para la buena suerte. Para volvernos a ver.

La sopa estaba deliciosa. Espesa, calientita y con la cantidad justa de sal; hecha con espárragos frescos.

—Pero se la llevaron los soldados. Oímos balazos toda la tarde y hasta la noche en el bosque atrás de la casa —frunció el ceño; aunque me estaba viendo, no era a mí a quien miraba—. Balazos y balazos por horas y horas. A más de quinientos mataron. Qui-nien-tos. Una era Esther —aquella erre final le dio un puñetazo al aire—, teníamos tu edad. ¿Dieciséis?

—Diecisiete, abuela —corregí, haciendo un esfuerzo para pasar saliva.

—Dieciséis —repitió para sí y permaneció pensativa.

Dejé la cuchara junto al plato y metí los antebrazos debajo de la mesa. Me quité la pulsera y la guardé en mi pantalón. La devolvería a su sitio tan pronto pudiera. Había perdido el apetito.

—Ojalá nunca vivas una guerra —agregó mi abuela, y, despacito, volvió a alzar su cuchara. Su mano temblaba levemente. La boca se me llenó de un sabor amargo.

Había dejado de llover pero a los rosales todavía los convulsionaba el viento.

—Qué lindo día —repitió, y su mirada fue a perderse en una rosa que la tempestad había roto y que, colgando pétalos abajo, se negaba a caer.

Martha Bátiz

LUZ

—¿Llegó la luz? —preguntó Clemencia rascándose la cabeza.

—No, abuela. Esta mañana boté lo poco que quedaba en la nevera —respondió Demetrio y prendió una vela.

—Huele a mierda —dijo ella.

—Abuela, no empiece que vengo *reventao* de la marcha de tanto correr y de tragar gases lacrimógenos —suplicó él con los ojos irritados y el cuerpo sucio mientras le preparaba un brebaje de avena cruda.

—Huele a mierda —insistió ella.

—Sí, ¡huele a mierda! —gritó Demetrio—. El camión del agua tiene diez días sin venir y no hay manera de llenar los pipotes. Si yo no recojo agua, nadie lo hace.

—Tu hermana se va a la oficina muy temprano y llega tarde.

—Florencia se va «a la oficina» muy temprano —repitió con la mandíbula contraída. Le puso el pocillo entre las manos.

—Menos mal que usted está ciega.

—Perdí la vista, pero no el olfato —refutó la anciana.

—Yo estoy a punto de perder la cabeza. Esta maldita «Robo-lución» nos quitó todo. Coño, hasta el agua y la luz. ¡Qué año el 2019! Venezuela está como esta casa: oscura y hedionda —dijo Demetrio mirando por la ventanita (que no tenía cristal, solo reja) de aquel rancho construido con bloques y techo de zinc, en un cerro al oeste de Caracas.

—Bueno, tenemos la esperanza puesta en el presidente Juan Guaidó —replicó ella raspando con la cuchara el fondo del pocillo. Seguía con hambre, pero repetir ración pertenecía al pasado.

Se escuchó el rechinar de los frenos de un *jeep*. Luego unos pasos, sonó el cerrojo y empujaron la puerta. En una noche con electricidad se hubiese colado el sonido del ritmo alegre de un merengue, pero detrás de Florencia entró un silencio funesto y una ráfaga de viento que apagó la vela. Demetrio la encendió después que su hermana echó llave. La miró de arriba a abajo. Era tan morena como él; los mismos ojos negros con la mirada llena de rabia. Ella delgada con culo africano, él flaco con la espalda ancha. Ella de pelo largo, él con la cabeza rapada. Ella dieciséis años, él dieciocho. Ambos hijos de un padre desconocido y una madre asesinada para robarle el dinero de la quincena.

¿De cuál motel vendrá que está recién bañada?, ponderó Demetrio sintiendo picor en los ojos.

—Abuela, le traje pan —dijo Florencia mientras le ponía un trozo entre las manos.

—¡Pan! —exclamó Clemencia ilusionada—.

—Hijita, ¡gracias! —palpó su textura, lo olió y se lo llevó con cuidado a la boca desdentada.

—Voy a acostarme. ¿Quiere que la lleve al cuarto? —le preguntó Florencia.

—A la tortura, querrás decir, porque sin las pastillas me cuesta tanto dormir...

—Me cago en este gobierno que nos dejó sin medicinas —masculló él y mirando a su hermana inquirió:

—Prepago, ¿de dónde vienes?

Florencia lo acuchilló con sus pupilas dilatadas.

—¿Por qué te llama Prepago? ¿Qué es eso?

—Es una tarjeta de crédito. Demetrio está celoso porque él no la tiene.

—¿Y tú, sí? —preguntó la anciana, extrañada.

—Me la dieron en el trabajo.

—Ya... Gracias a Dios, hijita, te ha ido muy bien en ese trabajo.

Ay, abuela, si supiera lo que significa «Prepago», hasta el pan que se comió lo hubiese desembuchado, pensó Demetrio apagando la vela de un escupitajo.

Angelina Peraza

WARUM FOLGEN SIE MIR NACH?

La mujer se había dado vuelta y lo había encarado, cuando la situación se había tornado demasiado evidente: la había seguido durante varias cuadras, primero a una cierta distancia, luego acercándose un poco más, tal vez con la esperanza de provocar en ella una reacción de aceptación. O quizás sin un objetivo fijo, sin saber lo que podía pasar, animado solamente por un sentimiento espontáneo, la necesidad de encontrar compañía en esa ciudad y en ese país donde sentía una soledad que se hacía insoportable, especialmente aquel domingo a mediodía, en un día de fines de otoño, cuando el frío comenzaba a morder. ¿Qué le había hecho elegir a esa mujer y no a otra? Tal vez porque la vio que caminaba sola por la *Nuremberger strasse*, al igual que él. O porque algo en su físico le recordó a la mujer que había quedado a miles de kilómetros de distancia, y a quien no sabía cuándo podría ver de nuevo. Ni tampoco si ella estaría interesada en renovar una relación que se había desgastado antes del viaje.

Ahora tenía que dar una respuesta. Estaban los dos mirándose, a pocos pasos de distancia. ¿Qué decirle? ¿Y si ella no comprendía lo que podía salir de su boca? Si su pronunciación sonaba mal, si decía algo demasiado torpe, tal vez eso sería un elemento que cortaría toda posibilidad de diálogo.

Mientras trataba de imaginar lo que le diría, pudo acercarse algo más y ver su expresión. Sus facciones eran agradables. No se veía en su cara rasgos de enojo o de miedo, más bien de una cierta curiosidad. Ello lo animó. Tal vez aceptaría pasar unos momentos con él, iniciar algo, no sabía qué. Después de un largo momento, se decidió a hablar:

—*Sie sehen freundlich aus* —y tras ello agregó rápidamente—, *und ich bin hier fremde.*

Quedó contento de su frase, le parecía haber pronunciado correctamente las palabras y no haber empleado términos banales ni dicho las cosas en forma demasiado directa. Eso era, le parecía amistosa y le destacaba su condición de extranjero, por más que ella pudiera adivinarlo. ¿Qué respondería la mujer? Tal vez ella también se encuentra sola, pensó rápidamente, puede ser una estudiante venida de otra ciudad, entonces tenemos algo en común. Y ella se había dado cuenta de que él la seguía, en dos ocasiones se había dado vuelta para mirarlo, sin hacer nada por alejarse ni expresar su molestia. Entonces, había continuado el juego, tal vez porque desea mi compañía. Pero su respuesta no fue lo que él había comenzado a imaginar:

—*Es tut mir leid. Ich bin verabredet.*

No supo qué decir. La frase era cortés, pero el rechazo era claro: va a juntarse con alguien, con otro, tú estás de más. No se atrevió a insistir, y sólo pudo responder con una frase banal, deseándole que lo pasara bien:

—*Also, viel spass*.

Y tras ello, dio media vuelta y comenzó a hacer el camino de regreso hacia su alojamiento, tratando de imaginar cómo podría pasar la interminable tarde de ese domingo, volviendo a sumirse en sus recuerdos, de lo que había dejado atrás. Y de la mujer que a lo mejor aún estaría pensando en él, a pesar del tiempo y de la distancia.

José Del Pozo Artigas

Nota: en alemán, la frase «*Warum folgen sir mir nach*?» significa: ¿por qué me está siguiendo?

LA "YO" DE AFUERA

porque todos tenemos una

Pensé que soñaba. Fue cuando me vi en el suelo, caída de la cama, y a ella todavía disfrutando mi almohada de plumas, manos trenzadas detrás de la nuca, piernas estiradas, que comprobé que todo era una pesadilla. Por desgracia, una pesadilla real. Terrible, como ninguna.

Ella suspiraba, y me miraba con una paz enrarecida.

Me levanté con el susto de quien en vez de a uno mismo, ve a dragones salir de un delirio. Di diez pasos atrás. Pellizqué mi cuerpo físico.

—¿Morí? —le pregunté temblando.

—No. Me pesabas. Te empujé fuera de mí.

—¿Qué?

—¡Ni durmiendo logras la calma! Ciego es quien no mira su alma. ¡Y ya me cansé de ti!

¡Hablaba! La joven hablaba. Y antes de que el pánico me desmayara, le pregunté: «Si tú eres yo y yo no soy yo, entonces, ¿quién soy?»

—Eres la Yo de afuera —me respondió.

—¿Qué? ¿Somos dos? Digamos, algo así como… ¿almas gemelas?

La joven torció los ojos, porque parece que la indolencia se pega. Tantos años de indiferencia, la Yo de adentro se contagió.

—O sea, ¿me dejas? —le pregunté.

Ella asintió.

—Y si te peleas conmigo, ¿quién se queda en la casa?

—No se queda quien la pagó, sino quien la amó, quien la apreció, quien la adornó, quien se pasó noches en vela pensando qué colores le iría a la pared de la chimenea.

—Bueno, yo la pinté, sí, ¡yo! Con estas manos blanquitas que se llenaron de rojo, de callos, de ardor… Claro, no lo recuerdas… Andabas en la bobería, en las telarañas que siempre atrapan las almas cuando alguien les habla de amor.

La muy necia se levantó. Almohada debajo del brazo, bajó la escalera, abrió la puerta y dijo «me voy».

Importa cuando amas a alguien que de pronto te deja. Pero a esta, que acabo de conocer, ¿con qué lágrimas lloraría yo?

A veces, de vieja, con arrugas en la belleza, con fracturas en las destrezas, quisiera salir por la misma puerta que ella salió. Correría a través de la línea del tiempo *en reversa* para pedirle: «Chiquilla, regresa, ¡regresa!» Porque al final, la Yo de afuera es quien pinta la vida, pero la de adentro le da color.

Jocy Medina

LA BORDADORA DE FRONTERAS

Sus dedos manipulaban con dificultad el lienzo de 13 000 kilómetros cada vez que sus manos temblaban al son de los constantes rugidos de avaricia, envidia y egoísmo que vagaban en su entorno. Proseguía hacia el continente americano donde el trazado se hacía turbio y lleno de baches. Intentando cambiar las puntadas de vuelta a unas de relleno de color azul tranquilo, sus dedos se ensangrentaban cuando bordaba en cadena las fronteras enraizadas históricamente en egoísmos e injusticias perpetuas. Las puntadas de satén de color negro aumentaban a un ritmo amenazante al llegar a las aglomeraciones urbanas pisoteadas por leyes y gobiernos que restringen la expresión y movilidad de quienes solo quieren sobrevivir. Las heridas punzantes en la punta de sus dedos golpeaban el aro del bordado en el Río Grande cubierto de discursos anaranjados de odio incendiario. Decidió bordar las fronteras del Sur en hilos de oro alentadores de paz y libertad, abstrayéndose del dolor que sentía cada vez que un hilo puntiagudo entraba en su piel, avisándole que estaba soñando con lo inexistente. Continuaba con determinación y perseverancia. Dándole vuelta a su inmenso lienzo, se encontraba con una Europa y África perturbadas y confusas, donde los hilos se volvían un cachivache de colores desteñidos por pasados sucios y miserables de esclavitud. Un poco más al oeste, su muñeca no conseguía soportar el peso de las ametralladoras marcado por puntadas hermanas divididas en colores rojizos, salpicados de marrones desiertos de compasión e inundados de oros negros, mutilando el bordado de cohesión y hermandad. Y sus manos continuaban sangrando.

Ya le parecía indecente seguir bordando las fronteras de oro. La evidencia de la hemorragia en sus manos le señalaba la necesidad de seguir con hilos más dóciles, pero no por esto paraba de manchar la tela con las lesiones impuestas en su piel cada vez que bordaba las fronteras en puntadas divididas. Decidió bordar, con un suave blanco satín, mapas de rutas de paz alrededor de los siete continentes. Pero no fue suficiente. Los gritos de violencia, odio y codicia seguían afligiendo sus manos. Hasta que no pudo soportar tantas lesiones y la parálisis se apoderó de sus miembros.

Paró de bordar. Paró de soñar.

Gloria Macher

A MANO

El le dijo que era soltero, pero tenía mujer. Ella le dijo que era casada, pero era soltera. Estamos a mano, le dijo él.

Carmen Rodríguez

LAPSUS

Cuando se metió a la cama, se dio cuenta de que había dejado su cuerpo olvidado en el baño. Pensó en ir a buscarlo pero no fue necesario. Junto a ella se encontraba el piyama vacío de su amante.

Carmen Rodríguez

AUTORES LATINOAMERICANOS NO CANADIENSES

UN PLANETA LEJANO

Siempre lo presentí, algo en mí lo sabía, leía todos los documentos relacionados a ello, buscaba información, documentales, sabía que no estábamos solos, sabía que había algo más en el universo, era obvio, no podíamos ser el único planeta que albergaba vida.

Películas, libros, historias relacionadas a la visita de otros mundos, imaginaba que algún día podríamos explorar otros planetas, otras galaxias, mucho más allá de mi tiempo, lo que nunca imaginé es que nosotros seríamos los conquistados.

Me despertó la noticia una mañana, el gobierno daba una alerta, habían llegado, nadie sabía quién o cómo, pero estaban apareciendo poco a poco, «¿Podrá ser cierto?», me preguntaba mientras nos informaban que era mejor no salir, refugiarse, tomar precauciones, pero eso no me detuvo, tenía que ir al punto donde iban a llegar.

Salí de casa, el tráfico era terrible, empezaba el caos, las autoridades trataban de controlar pero no lograban hacerlo; tenía que recorrer un gran camino pero eso no me iba a detener.

Llegué a uno de los puntos en donde había un resguardo, había conmoción, pero estaban preparando algún tipo de equipo para tratar de comunicarse, o esperar a que ellos lo hicieran, y así de repente hubo un sonido en uno de los equipos de proyección y apareció una imagen, un poco borrosa al principio, y poco a poco fue aclarando una figura, humanoide, mientras todos quedaron sin habla, asustados, expectantes, pensaba «¿habrán visitado nuestro planeta, habrán estudiado nuestras costumbres?» Eso tenía que ser cierto, la forma humanoide era muy parecida a nosotros, deben estar aquí, pensaba, tienen que estarlo, y la angustia me invadía.

Pasó un momento en silencio, hasta que la imagen empezó a hablar, «saludos» dijo, y pensé en ese momento que, sí, tenía razón, nos habían estudiado y desde hace mucho, de que otra manera podían saber nuestro idioma, nuestro lenguaje, y la forma continuó, «saludos, hemos venido desde muy lejos» y de repente dijeron algo que nunca pensé que escucharía pues me parecía irrisorio: «venimos en paz».

Que equivocados estuvimos al creer dichas palabras, nunca fue paz lo que buscaron, por último después de un breve discurso, lo escuché, escuché el nombre de su planeta, aquel nombre que nos marcó para siempre… «venimos de un planeta lejano, al que nosotros llamamos Tierra».

Andrés Vinueza Sánchez

EL ENANO QUE AMABA A LA MUJER QUE HACÍA EQUILIBRIO EN LA CUERDA FLOJA

Allá estaba ella, etérea, pura. Lejana. Para él, casi un metro más lejana que para cualquier mortal. Ella, altiva, jamás bajó la mirada, ni aún en las poquísimas oportunidades en que sus pies acariciaron la tierra; por tanto, él era más invisible todavía.

Cuando la mujer llegaba al canasto del otro extremo, luego de haber sido una con la cuerda durante veinte sublimes segundos, el público estallaba. Y a él, le sangraban las manos de tanto aplauso frenético, se le rasgaba la garganta de tanto grito de asombro y se le aborrascaba la visión de tanta lágrima enamorada. Quería gritar más y aplaudir más fuerte que cualquiera para decirle «¡Mírame! ¡Acá estoy! ¡Éste soy yo y te amo!»; pero ella sonreía a la distancia y no miraba hacia abajo.

Entonces, el decidió llegar hasta ella. Buscó al Hombre Bala y su cañón, y lo convenció de que lo disparase a él para llegar hasta un poco más arriba de la altura de los ojos de ella, allá arriba, en la cuerda.

El disparo fue perfecto, la parábola suave y la altura justa. Él extendió los brazos cuando estaba cerca. Ella no lo vio venir.

El impacto fue leve.

Ella trabajaba sin red.

La muerte logró igualarlos, allá en la pista, veinte metros abajo, mudándolos en dos bultos informes de, más o menos, la misma altura.

Daniel Frini

BLACYIPBLUS

Érase una vez una oveja negra y de ojos claros. Pañuelo de seda al cuello; minifalda roja y medias de red. Fumaba mentolados en boquilla larga. Acostumbraba a abanicar las volutas de humo con una sola caída de sus pestañas kilométricas. Los ovejos estaban turulecos.

Una tarde de julio, a eso de las seis, vino el lobo. Mercedes descapotable, anteojos oscuros, melena al viento, hocico con bronceado caribe. La oveja negra se fue con él sin decir adónde ni mirar atrás.

Este podría ser el fin, pero no.

Los ovejos no soportaron el dolor de la pérdida. Por esa época escribieron los mejores poemas de desamor y compusieron los blues más desgarradores, casi como Ma Rainey cantando *Deep Moaning Blues*. Once ovejos se suicidaron, aunque se sabe que, en el rebaño, «once» es otra manera de decir muchos.

Este podría ser el fin, pero no.

La oveja y el lobo se instalaron en la gran ciudad. Llevaron una vida glamorosa y fascinante. Fueron fotos en tapas de revistas, desde donde reglaban la moda; y hechizaron a la audiencia de *livings* elegantes de la televisión.

Sin embargo, un tiempo después, el lobo adujo cierta necesidad de comprar cigarrillos y se fugó con Caperucita. La oveja lo esperó los días exactos que demoró en darse a la bebida. Un año más tarde, murió de frío en la calle, a no más de una cuadra y media del Caesars Palace. Nadie la reconoció. La enterraron en una tumba sin nombre en el Cementerio del Sur.

Este podría ser el fin, pero no.

Entre los ovejos, la oveja negra se convirtió en leyenda. Su eclipse se tradujo en viajes al Oriente; en fobia a las personas y reclusión en un *penthouse* de Bruselas; en un accidente de aviación cuando llegaba a esquiar en las pistas de Aspen. Su sonrisa sesgada se hizo cada vez más oblicua; sus dientes blancos brillaron más al pasar de una generación a otra; sus ojos son, ahora, casi transparentes.

Hoy, los ovejos la recuerdan como quien evoca a Greta Garbo.

Este podría ser el fin, pero no. Aunque no sé cómo sigue.

Daniel Frini

EL ABUELO*

Hacía varios días que el abuelo no aparecía por casa. Todos en la familia estábamos expectantes, como también, algunos vecinos del barrio. Cada vez que salíamos a la puerta de la calle nos preguntaban: «y, ¿apareció el abuelo?» Bajábamos la cabeza y respondíamos con una honda tristeza: «el abuelo, aún no aparece…»

Casi nadie de la familia queríamos salir de casa, ni barrer la vereda o ir de compras a la verdulería de don José. Sus hijos amaban al abuelo, todos los días él se levantaba muy temprano, tomaba un delicioso café recién hecho por la abuela y luego iba a la verdulería, les contaba viejas historias de la guerra a los niños, como él había escapado de los liberales o conservadores, daba igual de quién fuera, ya estaba viejo y mezclaba las historias de la política colombiana. El caso era, que los niños eran felices escuchándolo. Volvía a casa, muchas veces sin las verduras que le había encargado la abuela, que renegaba por sus tardanzas, eso sí, traía las bananas que a él tanto le encantaban. De todas formas se almorzaba, don José ya sabía y enviaba a uno de sus hijos con los plátanos y la yuca que faltaban para el almuerzo.

Habían transcurrido quince días, desde que el abuelo se había marchado. Mi madre había preparado su cama junto a la ventana que daba al jardín y mis tíos se turnaban para hacer en su tacita preferida agua y un poco de miel, también arroz hervido como a él le gustaba, por aquello de los dientes, que pocos le quedaban.

Aquella mañana cuando menos lo esperábamos, cuando la tristeza nos embargaba el alma, el abuelo entró por el patio de atrás, como acostumbraba, aquel que da al jardín. Cruzó entre las flores que amorosamente cultivaba, nos miró dulcemente, comió un poco de arroz y tomó agua de su tacita preferida. Nos volvió a mirar dulcemente y desapareció entre las flores.

El abuelo, antes de morir… a todos… familia y vecinos, nos había dicho:

—Cuando muera me voy a reencarnar en un pequeño colibrí...

Gloria Matilde Orrego Q.

*Este cuento fue inspirado en la historia de *El Diario de Miguelito*, proyecto que apoya el autismo.

LAZY BIRD

A Charlie Parker

Durante una fría y seca madrugada de verano, mi denso sueño fue perturbado por vívidas premoniciones de bellos cuervos que al graznar su agudo, pero único grito, excelsas alas negras-azuladas extendían tan fuera de dimensión que sentía asfixiarme. Desperté súbitamente, sudoroso y jadeante, siendo imposible por un breve lapso de tiempo incorporarme de mi frágil litera de madera de pino. Aunque apenas eran las cuatro de la mañana —de acuerdo al viejo y empolvado reloj triangular con la leyenda dorada: Equinox Hamlet, Carolina del Norte—, vi de reojo a través de mis ventanas de coloridos vitrales, la claridad matinal que evidenciaba otra cosa, y así fue, pues no se entregaba el periódico local hasta las seis de la mañana con una puntualidad bárbara.

Un negro mozuelo en bicicleta, a quien observaba al ventanear, arrojó con tal fuerza el diario dominical *Impressions*, de Birmingham, Alabama, que al golpear la puerta laminada, su estruendo sonido cortó de sopetón mis continuos bostezos. Abrí la puerta tan pronto como me fue posible para decirle unas cuantas malas palabras al granuja, pero éste ya había doblado hacia la calle Central Park West.

De vuelta en casa, en la pequeña cocina de gruesa alfombra derruida que le fascina a Trane, en cuyo grasiento lugar —entre platos sucios, *speed* o un buen *reefer*— compuso grandes piezas: *Cousin Mary, Blue Train, Moment's Notice* o *Chasin' Another Trane*. Me preparé una achicoria aromática e hirviente para medrar la jaqueca producto del *canned heat* que Morgan nos ofreció a Hancock, Rollins y a mí, al término de nuestra primera audiencia en el famoso Village Vanguard de la calle Naima, esquina con avenida Locomotion en Tupelo, Memphis, acompañando al maestro Muddy «Mississippi» Waters y sus Giant Steps Blues and Jazz Band.

Reposé mi fatigado cuerpo sobre los algodonados cojines en la mecedora de mimbre que da al luminoso pasillo y leí como de costumbre la crónica de Paul Chambers con fecha del 17 de julio. En su titular, con enormes letras en negrillas y en mayúsculas, se leía: «HA MUERTO, EL CUERVO DEL JAZZ».

Iván Medina Castro

HUETZTLAPALLI

Mientras los expedicionarios de España surcaban la ribera de Yucatán, de la banda del norte, encontraron frente a la Isla de los Sacrificios un fondeadero en donde se decidió atracar, al hacerlo, satisfechos del hallazgo, allí mismo, en el arenal, se fundó la Villa Rica de la Vera Cruz, a pesar de ello, la tripulación del capitán Cortés estaba obligada a regresar de donde habían partido por tanto el gobernador de la isla de Cuba, Velázquez, así lo había dispuesto. Transcurrida una semana, los indios totonacas se hicieron presentes ante los forasteros otorgándoles alimento y joyería. En ese encuentro, Juan Medina, sobrino de Velázquez, se enamoró de una mujer llamada Huetztlapalli. Éste inició un trato a pesar de la prontitud y problemas existentes de cada uno. Una tarde, después de semanas del romance, Juan le confesó a Huetztlapalli que él estaba por irse, pero que no había razón para preocuparse pues pronto regresaría por ella, habiendo descubierto la Corona tierra virgen, era sólo cuestión de tiempo para que su tío autorizara una excursión y así asentarse en el ayuntamiento recién instituido. Sin embargo, cuando Juan volvió al campamento, Cortés, cegado por el excesivo recibimiento en oro y elegantes mantas de los nativos, decidió violar el mandato de Velázquez. Cortés reunió a la tripulación y manifestó a sus hidalgos lo siguiente: «quien quiera seguirme y ser compensado con riquezas, adelante, de lo contrario, los pusilánimes, al ponerse la luna, deberán haberse ido». Juan decidió regresar a la isla pues además de ser pariente de Velázquez, el desacato a un gobernador traía como consecuencia la pena de muerte.

Juan, preocupado por el súbito acontecimiento, buscó a Huetztlapalli y al hallarla le pidió que se fuera con él hacia Cuba pues esa misma noche levarían anclas, en seguida, se despidió de ella no sin antes indicarle el lugar de su encuentro. Huetztlapalli, desconcertada por la noticia no sabía cómo actuar y así erró con su incertidumbre durante el día por lo largo de la costa hasta verse sorprendida por la noche. En ese momento, cobijada por la oscuridad, tomó la decisión de irse a la mar con Juan, pero cuando ésta llegó al fondeadero, el barco ya había zarpado.

Cuenta la leyenda que a partir de ese momento hasta el día de su muerte, Huetztlapalli frecuentó el lugar de la cita con la intención de encontrarse con Juan y navegar juntos. Desde entonces, a esa bahía se le conoce como el Promontorio de la Esperanza.

Iván Medina Castro

EL ZORRO AZUL

Lian Je tensó la cuerda de su arco y contuvo la respiración. El pequeño zorro comenzó a olfatear el aire. No había tiempo que perder. El animal dio una voltereta cuando la flecha se hundió en su costado. «Como siempre, amo» dijo Wang Yu, su sirviente, «ha sido un tiro perfecto». Lian Je asintió en silencio y mientras caminaban hacia la presa le entregó el arco y el carcaj. Lian Je desenvainó su afilado cuchillo y cortó la hermosa cola azul. Había pasado casi un año desde que el emperador le encomendara la tarea de cazar a los doce zorros de colas azules. Si tenía éxito antes de que terminara el año, la prosperidad del reino sería infinita y él sería el hombre más poderoso después del emperador. Si fracasaba no tendría que temer ninguna represalia desde la corte imperial: la profecía anunciaba que la sombra de la muerte cubriría hasta el más apartado de sus rincones. Sin embargo, Lian Je sonreía confiado. Ya tenía entre sus manos la undécima cola y contaba con la ayuda de su sirviente. No había un mejor rastreador que Wang Yu, quien de alguna forma, siempre descubría el lugar exacto en el que se ocultaba cada zorro. Lian Je, todavía acuclillado junto al animal, extendió la mano con la que sujetaba la cola azul. Esperó unos segundos antes de agitarla para indicar a su sirviente que la tomara. Lian Je se incorporó para increparlo, pero solo abrió la boca sin salir del asombro al ver a su sirviente apuntarle con el arco. Dio un paso al frente y de inmediato una flecha le atravesó el pecho. «Siempre quise saber qué es lo que menos extrañaría», escupió Wang Yu, al tiempo que dejaba caer el arco, «si el hedor de los hombres o la estupidez de mis hermanos. Supongo que muy pronto tendré mi respuesta».

Lo último que Lian Je pudo ver antes de que la oscuridad cubriera sus ojos, fue una pequeña cola azul que se perdía entre los matorrales.

Kalton Bruhl

LA DONCELLA Y EL GIGANTE

Una bella muchacha quedó huérfana en temprana edad, pues su último sostén, la madre, hubo muerto por circunstancias en donde la vida nada pudo hacer para evitarla.

La noticia corrió como centella por los alrededores y era de esperarse; pero principalmente a oídos del gigante Atibula, que vivía en el espeso bosque del cerro, llegó como última oportunidad para atrapar por casamiento o por la fuerza a joven tan hermosa.

Entonces, bajó sin pérdida alguna de tiempo a donde moraba la muchacha. Hubo llevado dos perdices vivas y en una franela un pequeño atado de carne ahumada de venado para conseguir la voluntad de la apuesta señorita. Unas manos temblorosas lo atendían como huésped no digno de merecer. Muy seguidamente el gigante propúsole matrimonio.

—¿Quieres casarte conmigo?

—No —respondió la chiquilla.

Una, dos, tres veces insistió, pero era de esperarse la negativa de la respuesta. Intentó a la fuerza tomarla, entonces la chiquilla corrió hasta verse libre del hombre y mientras no se ponía a buen recaudo en la más alta copa de un árbol, no cesaba en su aliento pasmado de maldecir a semejante grandulón.

—¡Baja! ¡Baja de ahí! —insistía el voluminoso hombre.

Sin saber cómo llegar a ella, buscó alrededor un hacha, con la misma se puso a talar el enorme y grueso árbol. En su cometido no tuvo éxito hasta largas horas de la noche por más que afanoso trabajaba. El grosor, en conjunción con la extrema dureza del tronco, cual ninguno se había visto, impidió que culminara su propósito.

En el alba de la mañana siguiente la niña bajó del árbol en el más absoluto sigilo y al encontrar profundamente dormido de cansancio al gigante Atibula y mirando que el árbol caería de un golpe más, hacha en mano sobre el gran tronco los últimos golpes de gracia simuló asestar, mismos que en su resultado no tuvieron el ceder, quizá porque para la joven el camino no tenía mancha alguna ni dedo que lo señale.

Corrió con sustos alargados fuera del pórtico de su casa y, los buenos vecinos ayudaban en el socorrer de alma tan decidida.

Más tarde, una vez conocida la noticia de la actitud valiente de la chica, no faltaba enamoradizo joven de toda condición social en el umbral de su puerta, o que le pidiese matrimonio o se dirigiese con respeto y muchas palabras solemnes y delicadas; mas ella, inteligentemente, con sumo sosiego advertía del árbol que mataba a gigantes.

Marco Silva

DESERTOR

No se presentó al llamado.

Por mucho que le pesara, por mucho que su conciencia le machacara, la marca indeleble lo seguiría por siempre. Como una herida profunda y dolorosa en medio del pecho.

Anduvo solo, con el viento curtiéndole la piel, durmiendo donde lo encontraba la noche.

Lo encontraron en medio de la tormenta, escondido en un hangar abandonado y ya no hubo tiempo para el arrepentimiento. El juicio fue brevísimo, escaso, ya se sabe.

Fue sentenciado a morir en la horca.

Atadas las manos a la espalda y con los ojos desorbitados, sintió la tensión de la soga como una víbora fría y pegajosa.

Se retorció en medio de convulsiones, suspendido apenas del suelo, los ojos blancos.

La muerte tardó en venir aunque el pecho ya no daba indicios de su respiración.

El pelotón de fusilamiento lo abandonó con la seguridad de la tarea cumplida.

Cuando todo estuvo en silencio y solo se oía el ulular del viento, un rayo cruzó la negrura. La soga, sin nada que le sirviera de contrapeso, bailaba al son del aire entre las ramas.

El condenado, arrodillado frente al árbol más frondoso, sobre la tierra anegada, cavaba un pozo para darse cristiana sepultura.

María Laura Burattini

SE BESARON LARGAMENTE

Vestido de fajina, entró con el sobre en una mano y la carta desplegada en la otra. La luminosidad que le embriagaba el rostro no era habitual. Esa misma luz le permitió a ella la certeza de que su mundo iba a hacerse trizas. Para él era un orgullo, un reconocimiento, un deber.

La abrazó fuerte. A ella, las lágrimas le empaparon las mejillas. Quería mostrarse entera, más fuerte pero…

Le prometió un regreso glorioso. Quiso creerle.

Se besaron largamente.

Él partió. Ella intentó seguir como si nada. Pintó de verde su sillita baja para ventilar la esperanza bajo los azahares del jardín.

El tiempo roía la espera. El reloj parecía detenido y la ausencia, interminable.

Ella imaginaba escenarios: trincheras, granadas, explosiones, el enemigo derrotado y su soldado, victorioso. Entonces, una sonrisa se le confundía en los labios y las sienes se le desarrugaban por un rato.

Noticias la confundían, asustaban, ilusionaban. Hasta que sufrió el zarpazo y con el sobre en una mano y la carta desplegada en la otra, la certeza se descubrió en una línea.

La medalla, la bandera, los honores llegaron tiempo después. Previamente, ella, antes que cualquier otra cosa, se arregló el cabello y lo lloró en silencio, bajo los azahares del jardín, en la sillita baja.

María Laura Burattini

CITA FRUSTRADA

Todavía se oyen las estridentes sirenas de las ambulancias. Machucado por el impacto logro salir entre fierros retorcidos. Una jauría de curiosos se aproxima a sacarse autofotos con trasfondo de tragedia. Oigo gritos, llantos, un clamor de voces. Entonces la veo. Es ella, la chica del tren. Cómo no reconocerla si la tuve frente a mí media hora como si el resto de los pasajeros no existiera y ella estuviera sola en el mundo mirándose en ese minúsculo espejo que le servía para aplicarse sin fallo el tardío maquillaje. Cómo no reconocerla si no dejé de espiarla mientras sacaba de su neceser, ya las sombras de ojos para iluminarlos, ya el rímel para doblegar unas pestañas chúcaras y encajarlas en el carril de la belleza domada. No satisfecha, volvía a mirarse como si le faltara algo. Es posible que le escaseara el color a ese rostro joven, pero se impregnó de rojo violento justo cuando su dueña estaba a punto de empolvar de rosa su palidez desamparada. Así la veo ahora, tristemente tiesa y sin poder siquiera aplicar brillo a unos labios que se han amoratado tan de repente.

María Elena Lorenzin

DESARTICULADO

La gente soporta roses y fricciones incómodas, me parece que de a poco nos estamos acostumbrando a estropearnos unos a otros. El autobús circula por las calles que debe, a la velocidad que puede. Noto que a mi lado, un tipo lee un libro tranquilamente.

De forma inesperada el tipo suelta una risa liviana, quizá perceptible solamente por mí. Esa acción hace que yo retraiga mi curiosidad hacia las páginas que atrapan su atención; deduzco que son ellas las causantes de tan extraña comodidad y me pregunto: ¿qué encontró allí?

El sol ingresa por las ventanillas, la sombra de la nariz del tipo cae en mitad de dichas páginas. Sus manos, mantienen abierto el libro, e impregnan una ligera fuerza de resistencia, como si automáticamente al soltar un lado del libro, éste fuera a cerrarse con la velocidad de una trampa china para dedos, pudiendo quizá atrapar para siempre el pulgar de la otra mano. Noto que había subrayado varias líneas, en ellas reconozco una frase:

«Somos una generación de hombres criados por mujeres... Feminización de la sociedad y al parecer un profundo cambio en la concepción del "amor" ¿Alguien sabe qué es o qué fue esa cosa llamada amor? Si hay algún cambio, de haberlo, ¿es por evolución o es sólo un estado máximo de enajenación social? ¿Es una respuesta a una necesidad económica, fisiológica y social? ¿Tendencias o modas sexuales?»

El tipo había marcado varias frases, entrometidamente intento explorarlas, y por más que busco, no consigo atinar aquella que le mantenía dibujada una sonrisa en su boca. Se me ocurre entonces, que si pudiese conseguir el libro, tendría más datos para reconocer la gracia en esas frases, el único dato que tengo hasta el momento es que estaba en la pág. 64. Lo único que necesito es conocer el nombre del libro, y ello ocurrirá sólo de dos formas: 1) Debo simplemente (¿lógicamente?) preguntarle, pero eso yo no suelo hacer, se me hace muy difícil conversar así como así con desconocidos. 2) Debo esperar, podría ser que en un descuido, él cierre el libro por un instante, así podré verlo sin tener que preguntárselo.

Sin embargo, no ocurre ni lo uno ni lo otro, noto además que se aproxima mi parada. En ese poco tiempo me pongo a calcular la opción 3 (la más ligera); consiste en arrancarle el libro y salir corriendo del autobús, con la seguridad de que nadie me va a seguir, pues, ¿quién persigue desenfrenadamente por la calle a una persona por un libro?

«Todos hemos caído en zanjas, me sorprende verificarlo, seas quien seas al final pagas. Por eso reafirmaré que siempre tienes la opción de mandar todo al diablo y salir con la frente en alto».

Jhonatan Salazar Achig

BIOGRAFÍAS

AUTORES LATINO-CANADIENSES

Alejandro Saravia

Autor boliviano-canadiense. Estudió literatura en la Universidad de Montreal. Trabaja como periodista. Entre sus publicaciones figuran *Jaguar con corazón en la mano* (2010), *L'homme polyphonique* (2014) y *Rouge, jaune et vert* (2017). Actualmente vive en Brossard, Quebec. p. 16

Alma Mancilla

Originaria de Toluca, México. Autora de los libros de cuentos *Los días del verano más largo, Casa encantada, Las babas del caracol y otros relatos* y de las novelas *Hogueras, Archipiélagos, De las sombras* y *El predicador.* Premio Nacional de Literatura Gilberto Owen (2011), Premio Internacional de Narrativa Ignacio Manuel Altamirano (2015) y Premio Bellas Artes de Novela José Rubén Romero (2018). Actualmente vive en Toronto. p. 57

Andrea Ávila

Actriz, periodista y escritora, es autora del libro de crónicas *Con Dolor en el Termostato* (Ed. Lugar Común) y de artículos académicos que vinculan el teatro con otras disciplinas. Llegó a Canadá en 2008 para realizar el doctorado en la Universidad de Western, Ontario y decidió quedarse, como muchos, por amor. Actualmente prepara un libro con traducciones de obras de teatro hispanoamericano al inglés. p. 47

Ángel Mota Berriozábal

Ciudad de México 1970. Ha publicado poemas y cuentos en diversas revistas y libros colectivos de Canadá, España, Estados Unidos, México, Italia y Chile. Como ensayista escribe sobre arte, filosofía y literatura. Sus libros son: *La casa de Nadie y otros relatos*, Ed. Lugar Común; *La confesión en el paraíso*, ediciones Milenio, Lleida, España y el poemario bilingüe *Un écho de ta voix-Un eco de tu voz*, l'Harmattan, París. Actualmente vive en Montreal. p. 83

Angelina Peraza

Graduada de Ciencias Económicas en Venezuela. Vive en Oakville, Canadá. Estudia Escritura creativa en español en la Universidad de Toronto. Su primera novela, *La voz de los susurros* (Ed. Mapalé, 2016), fue galardonada con varios premios en el *International Latino Book Awards.* Ha publicado cuentos en las antologías: *Historias de Toronto,*

La cola del cerdo e *Historias de Montreal* (Ed. Lugar Común, 2016, 2017 y 2019 respectivamente). Actualmente trabaja en su segunda novela. p. 97

Antolina Ortiz
Ciudad de México 1971. Estudió Filosofía. Su ensayo *Vidas Callejeras* con prólogo de Elena Poniatowska, ha sido un éxito, con una edición de más de 50,000 ejemplares. Ganadora del Primer Concurso Nacional de novela corta de escritoras mexicanas con *Seda araña* (2019). Sus novelas *Tres Silencios* (Ed. Imaginarial) y *Otumba* (Ed. Mapalé), y su poemario *Génesis Antártico*, fueron galardonados con el Premio Internacional José Eufemio Lora y Lora & Juan Carlos Onetti de Perú. Actualmente vive en Montreal. p. 67

Aspasia Worlitzky
Profesora y poeta chilena residente en Laval. Graduada en la Universidad de Montreal en Expresión Dramática con Maestría en Educación. Fue integrante del grupo de teatro La Barraca en Montreal, obtuvo un reconocimiento del Festival de Teatro México y una beca del *Conseil des Arts du Canada*. Participó en el Encuentro de Mujeres Poetas en el País de las Nubes (México), en el Festival Internacional de la Poesía (Trois Rivières), en el Festival de Teatro de las Américas (Montreal), en la película *Hasard et coïncidences* de Claude Lelouch. Publicó su libro *¿Adónde vas madre?* (Ed. Alondras, 2007, Montreal). p. 20

Brandon Jiménez
Bogotá, Colombia 1981. Estudió Cine y Televisión. Ha participado en la escritura de guiones, cuentos cortos y narraciones. Desde pequeño ha tenido un gusto profundo por la literatura. Ha publicado una novela: *La salvación de Jesús D.C.* y ahora se encuentra en proceso de finalizar su segunda obra, *Aurora Boreal.* Actualmente vive en Montreal. p. 69, 71

Camila Reimers
Escritora chilena-canadiense. Ha sido galardonada con premios nacionales e internacionales, seis veces ganadora en *The International Latino Book Award* de Estados Unidos y finalista en el *Latino Books Into Movies Award.* Ha publicado las novelas *Hijos de Lava, Tres lotos en un mar de fuego, Tiempo de ser, Three Lotuses in a Sea of Fire* y *Time To Be,* (Ed. Mapalé). *De conventos, cárceles y castillos* (Ed. Lugar común y Ed. Verbum) y *El regreso de Haumaka* (Ed. Verbum). Ha escrito más

de veinte cuentos para niños y varios han sido traducidos al inglés, francés, italiano, chino y portugués. p. 23

Carlos Andrés Torres
Escritor colombo-canadiense. Su obra comprende aspectos de cultura general y vida en la naturaleza. Ha escrito artículos y crónicas de viaje para varias publicaciones en Canadá y Colombia. Apasionado del excursionismo y la guitarra flamenca, también es profesor de español, bibliotecólogo y cuenta con estudios en ingeniería y en relaciones internacionales. Entre sus obras están *Ficciones de la vida real* y es coautor de *A tres manos* (Ed. Artística). Actualmente vive en Ottawa. p. 51

Carlos Somocurcio
Peruano-canadiense residente en Ontario. Estudió economía en la Universidad Nacional Mayor de San Marcos en Lima, Perú. En el 2009 obtuvo una mención honrosa con el cuento *Un hombre de éxito* en el VI Concurso de cuentos "Nuestra Palabra 2009" en Toronto. Autor de la novela *El futuro ya no es lo que era antes* (Ed. Mapalé, 2010). p. 25

Carmen Rodríguez
Educadora, periodista y escritora bilingüe chilena-canadiense. Ha residido en Vancouver desde 1974. Autora de *Guerra prolongada / Protracted War*, un volumen bilingüe de poesía; *De cuerpo entero/and a body to remember with,* colección de cuentos (Mención del Premio municipal de literatura, Santiago y finalista de los *Vancouver Book Awards*). *Retribution,* novela que obtuvo segundo lugar, *International Latino Book Awards*) y fue publicada en Noruega bajo el título *Chiles Døtre*. Su versión castellana *El desquite* y *Atacama*, su segunda novela, serán publicadas próximamente. p. 104

Cristián Rosemary del Pedregal
Escritor y músico chileno radicado en Montreal. Obtiene el primer premio de cuento en 1981 otorgado por la Universidad Católica de Chile. Fue profesor de español hasta 1986 cuando comenzó a trabajar como publicista. Sin embargo desde 2004 ha enseñado de nuevo español como lengua extranjera. En 2009 estudió un año del doctorado en literatura en la Universidad de Montreal. Su relato *Casting* está antologado en *Canadografía* (Compilador Jorge Etcheverry, Ed. Montecristo Cartonero, 2017). Autor de más de 300 canciones y es miembro de SOCAN. p. 91

Dalia Mendoza Limón
Cursó estudios de Lengua y Literatura hispánicas, y obtuvo el doctorado en Filosofía con especialidad en Filología de la Universidad Lomonosov. Como profesora de la UNAM, ha impartido cursos de lenguas y escrito artículos de investigación. Es coautora y autora de manuales de español. Ha escrito en revistas y periódicos. Ha trabajado como traductora para la Editorial Siglo XXI, el Colegio de México y otras instituciones. Su poesía ha sido publicada en Moscú y Estonia. Actualmente continúa escribiendo, además de pintar y exhibir regularmente. p. 19

David Hoyos García
Candidato a doctorado en Estudios Hispánicos por la Universidad McGill. Se especializa en el área de estudios culturales y de performance, cultura digital, y la relación entre música, literatura y cine latinoamericanos centrados en la narratología subalterna. Actualmente realiza una investigación sobre cumbia, literatura y fronteras con una beca del Consejo de Investigación de Ciencias Sociales y Humanidades del Gobierno Federal de Canadá. p. 24

Diana Rosa Pérez Castellanos
Licenciada en Filología y Letras de la Universidad de la Habana, 2003; diplomada en Asistencia de Dirección Cinematográfica por el Instituto Cubano de Arte e Industria Cinematográfica, 2004. Editora y correctora de textos. Escritora con varios trabajos publicados y en proceso de edición. Se desempeña como editora de la Empresa Golem Correctores y es miembro adjunto del Centro de Estudios Filosófico-culturales de Puebla, México. Actualmente vive en Brampton, Ontario. p. 26, 27

Diego Creimer
Escritor y militante ecologista de origen argentino radicado en Montreal desde hace más de 20 años. Ha publicado cuentos y ensayos en español y en francés con las editoriales Lugar Común y La Presse. Desde 2007 es miembro del colectivo literario *The Apostles Review*, dedicado a la publicación y promoción de la literatura hispanoquebequense e hispanocanadiense. p. 11

Esmeralda Beltrán
Ciudad de México. Estudió Lengua y Literatura hispánicas en la UNAM, donde también fue profesora. Tiene una maestría en literatura

de la Universidad de Ottawa. Llegó a Canadá en 2005. Organiza conferencias, talleres y otras actividades para promover la cultura y la literatura española y latinoamericana. Es miembro de la Asociacion de profesores de español de Quebec (APEQ). Enseña español y literatura en la región de Ottawa-Gatineau y es locutora en el programa de radio Amanecer Ranchero en 89.1 F.M. CHUO, estación comunitaria de la Universidad de Ottawa. p. 29

Esperanza Garrido
Ciudad de México. Historiadora del arte, fundadora y directora de la UNAM en Canadá (1995-2008), donde aún imparte cursos de arte. Su pasión es la enseñanza y la difusión de la cultura. Autora de numerosos artículos sobre el arte mexicano, chicano y ecuatoriano. Coautora de diversos libros entre los que destaca una guía de murales de la ciudad de México, y Felipe Santiago Gutiérrez, *Pasión y Destino*. Actualmente vive en Gatineau, Quebec. p. 12

Felipe Quetzalcoatl Quintanilla
Ciudad de México 1981. Emigró a Canadá en 1991. Después de trabajar como lavatrastes, seminarista, estudiante de medicina y paramédico militar, se ha dedicado al estudio del cine y la literatura. Es profesor asistente en la Universidad de Western, London, Ontario. Su obra creativa ha sido publicada en tres antologías de cuento y en sitios virtuales. Obtuvo el tercer premio en el concurso nacional de cuento Nuestra Palabra 2011, y el único galardón del II Concurso Internacional de Poesía en Castellano *El alba volante* en 2012, dedicado a la antipoesía de Nicanor Parra. p. 87

Gabriela Etcheverry
Escritora, traductora y promotora cultural chileno canadiense. Ganadora del Primer Premio en el concurso nacional de cuentos Nuestra Palabra 2008. Doctorada en literatura, enseñó en la Universidad Carleton en Ottawa. Publicó su novela *Latitudes* en español con la editorial Split Quotation (2007) y en francés con Antares (2011); *Añañuca* en versión bilingüe inglés-español (2010); y *El árbol del pan y otros cuentos* (2011) en español, francés e inglés. Ha publicado poemas y cuentos en varias antologías. En 2020 espera publicar su novela *Gravenhurst: A New Beginning*. p. 21

G B-G

G B-G —nombre de pluma de Gerardo Barajas-Garrido— estudió su licenciatura en literatura inglesa en la Universidad de Carleton y en la UNAM; su maestría, también en letras inglesas, la terminó en la Universidad de Carleton. Posteriormente obtuvo otra maestría, así como su doctorado en literatura hispanoamericana en la Universidad de Ottawa. Ha estudiado la literatura de fantasía y de lo fantástico por los últimos veinte años. p. 45

German Rodríguez

El Salvador, 1982. Graduado de la Universidad El Zamorano como Ingeniero agrónomo. Reside en Canadá desde 2007. Estudió Negocios Internacionales en Toronto y actualmente vive en Calgary, donde trabaja en diferentes proyectos literarios. Entre sus publicaciones está la novela *El tiempo entre sus ojos* (2016), también escribe cuento y crónicas. p. 89

Gloria Macher

Perú. Exponente de la literatura humanista contemporánea. Ha publicado seis libros. Obtuvo *The International Latino Book Award 2014*, es finalista del Premio Iberoamericano Verbum de Novela 2017 y el IV Premio Internacional de Narrativa "Novelas Ejemplares" 2018, Facultad de Letras de la Universidad de Castilla-La Mancha, España. Sus relatos y poesías en español, inglés y francés figuran en antologías y revistas literarias del Canadá y extranjero. p. 103

Guillermo Rose

Lima, Perú 1947. Emigró a Canadá en 1980 y en 1981 ingresó a CIBC, hasta su retiro en 2008. Ganador de varios premios literarios en Canadá, Estados Unidos y Perú. En Lima obtuvo el primer premio en el concurso "El cuento de las Mil Palabras" de la revista *Caretas* y en 2012 el tercer premio en el mismo concurso. Organiza desde 2004 el concurso "Nuestra Palabra" a nivel Canadá. Ha escrito columnas para varios medios hispanos de Toronto. Reside en Markham, Ontario. p. 65

Hugo P. Briones

Valparaiso, Chile. Reside en Montreal desde 1987 donde a trabajado lavando platos, reparando computadoras y como auxiliar en un frigorífico. Al enterarse de un concurso de poesía en Chile decidió escribir sobre todo aquello que se acordaba de la ciudad en que nació y creció. Fue así como nacieron poemas y otros escritos en español, y además una novela en francés. Su primer poemario es *Amor, nostalgia y otras drogas* (Ed. Mapalé, 2018). p. 36

J.J Liranzo (Xphilo)
República Dominicana 1980. Reside en Canadá desde 2016. Graduado en Comunicación Social e Idiomas, se dedica a la enseñanza de lenguas. Escribe narraciones cortas y novelas. Recientemente formó parte de la antología *Historias de Montreal* (Ed. Lugar Común, 2019). Actualmente está editando su primera novela. p. 53

Jocy Medina
La Habana, Cuba 1974. Autora de las novelas *Habana dura* (2016), *Paraíso a lo cubano* (2017), *Todo cambia* (2019) y del poemario *Manos escondidas* (2018). Ha establecido una presencia importante en el círculo de autores que retratan a la Cuba real a través de sus escritos. *Todo cambia* es su primera novela que se desarrolla en Canadá. Jocy tiene un exitoso blog llamado "Un pedacito de Cuba". p. 101

Jorge Carrigan
La Habana, Cuba 1953. Estudió dramaturgia y dirección teatral en la Escuela Nacional de Arte en Cuba. Durante más de treinta y cinco años ha mantenido una labor continua como escritor. Es autor de más de una veintena de piezas de teatro, además de escribir poesía y narrativa. Sus novelas son *Bailar con la más fea* (2010) y *Muñequita Linda* (2011). Vivió diecinueve años en Canadá, y actualmente vive en Estados Unidos donde ha continuado su trabajo como escritor, director y actor en el teatro. Además imparte talleres de dramaturgia y escritura teatral para estudiantes de diferentes nacionalidades a través de diversas vías electrónicas. pp. 14, 15

Jorge Etcheverry
Escritor chileno. Vive en Canadá desde 1975. Es doctor en literatura y traductor. Escribe poesía, prosa y crítica literaria. Han publicado su obra en Chile, Estados Unidos, Canadá, México, Cuba, España y Polonia. Sus libros más recientes son: el poemario *Clorodiaxepóxido* (2017); la antología de prosa hispanocanadiense *Canadografía* (2017); la novela *Los herederos* (2018). Sus escritos hacen parte de muchas antologías como *Cantantes en la memoria de la poesía chilena* (2018); *Antología de la poesía chilena de la última década* (2018); *Antología mundial de poesía: La papa, seguridad alimentaria* (2019). p. 33, 35

José Campione-Piccardo

Nació en Montevideo, Uruguay. Reside en Canadá desde 1975, en Ottawa desde 1982. Doctor en medicina (Montevideo, Uruguay). *Ph.D. in Medical Sciences, McMaster University*, Hamilton. Ha desempeñado cargos docentes, de investigación y ejecutivos en la Universidad de la República (Uruguay), *University of Ottawa, Université du Québec (I. A. Frappier), Health Canada, Public Health Agency of Canada* y Organización Panamericana de la Salud. Es autor de múltiples publicaciones científicas. Desde su retiro profesional (2010), explora la narrativa breve. pp. 59, 61

José Del Pozo

Viña del Mar, Chile 1943. Profesor de historia, reside en Montreal desde 1974. Hizo un doctorado en la Universidad de Montreal y enseñó durante cuarenta años en la Universidad de Quebec en Montreal. Es autor de catorce libros, entre ellos dos de ficción: *Benjamín, una vida del siglo XIX* (Santiago, RIL, 2013); y *El viaje interminable* (Ed. Mapalé, 2019), traducida al inglés por el escritor Ian Thomas Shaw, bajo el título *The Unending Journey* (Ed. Mapalé, 2020). p. 99

Juan Miranda Sánchez

Nació en Tacna, la última ciudad austral del Perú, en la frontera con Chile. Estudió antropología y periodismo. Trabajó como periodista por 12 años. Vive en Canadá desde 2002. Es profesor de cursos culturales en español que se imparten en la Escuela de Extensión de la UNAM en Gatineau, así como en *l'Académie des retraités de l'Outaouais* en Gatineau y la institución *Retraite en Action* en Ottawa. p. 18

Julio Torres-Recinos

Escritor salvadoreño residente en Saskatoon. Ha publicado diez libros de poesía y uno de cuentos: *Con Aurora después y otros cuentos*. Ha participado en diversos festivales internacionales de poesía. En 1992 obtuvo el Primer Premio de Poesía en el certamen literario convocado por la Celebración Cultural del Idioma Español en Toronto. Su poesía ha sido traducida al inglés, italiano, francés y rumano. p. 81

Laury Leite

Ciudad de México, 1984. Ha publicado artículos, ensayos, entrevistas y crónicas en diversas revistas literarias. Sus cuentos hacen parte de varias antologías. En 2017 publicó su primera novela *En la soledad de un cielo muerto* y fue traducida al inglés con el título *Night Has Fallen*

Here, (Lazy Publisher, 2019). *La gran demencia,* su segunda novela, fue escrita con apoyo del *Toronto Arts Council,* 2019. Fue escritor residente en el *Banff Centre for Arts and Creativity.* Becario del *Toronto Arts Council* 2018-2020. Está escribiendo su tercera novela, *El tiempo, el lugar y nosotros.* Vive en Toronto. p. 73

Luciana Erregue-Sacchi
Poeta argentina-canadiense. Estudió Leyes y obtuvo una Maestría en Historia del arte en la Universidad de Alberta (2016). Sus trabajos han sido publicados en la antología *Looking Back, Moving Forward* (Ed. Mawenzi House, 2018). Ha participado en el Festival de Poesía de Edmonton (2017-2019), Edmonton Lit Fest (2018). Formó parte de la promoción 2019 del programa de literatura del *Banff Centre for the Arts.* Actualmente trabaja en la Galería de Arte de Alberta y es artista en residencia en *Action for Healthy Communities.* p. 55

Luis Molina Lora
Colombiano. Recibió su doctorado en estudios hispánicos por la Universidad de Ottawa. Coautor de la novela *La sucursal del cielo* (2002). Publicó *Las falsas mujeres de Gauguin* (Artepoetica Press, 2015). Ha sido primer finalista del premio de novela Medellín Negro 2017 y su novela *Bien cocido* es la ganadora del Premio Nacional de Novela Cámara de Comercio de Medellín 2019. p. 13

Marcelo Donato
Estudió arquitectura en su país natal Argentina, escenografía en México y cine en Francia. Trabajó 12 años en Italia y Francia como escenógrafo, especialmente para danza. Trabajó en varias exposiciones en Japón, Francia, Argentina y Estados Unidos (diseño, instalación, ambientación y decoración de espacios). Desde el 2009 vive en Canadá. Condujo el programa de tango *Perspectango* para Chin Radio Ottawa, y el programa semanal *Italian Graffiti.* Actualmente trabaja como supervisor del area de teatro de la UNAM Canadá. Su libro *Entre bambalinas* (2016), fue galardonado en el *International Latino Book Awards 2017.* p. 93

Maria Adelaida Escobar Trujillo
Escritora colombo canadiense. Desde enero del 2020 vive y trabaja entre Medellín y Vancouver, donde es profesora de español y literatura. Tiene un doctorado en Estudios hispánicos (Universidad McGill,

Montreal) y una maestría en Literatura inglesa (Universidad Butler, Indianápolis). Su primera novela, *Tiempo del sur,* fue publicada en 2018 y actualmente trabaja en una colección de cuentos. p. 63

María José Giménez Micó
PhD en Lenguas y Literatura Modernas / Literatura General y Comparada. Es profesora de estudios hispánicos en la Universidad Dalhousie, Halifax; Publicó *Eduardo Mendoza y las novelas españolas de la transición* (Ed. Pliegos, Madrid, España, 2000). Ha sido presidenta y vice-presidenta de la Asociación Canadiense de Hispanistas (ACH). Ha organizado recitales de poesía y exposiciones de poesía mural. p. 22

María Murray
Nació en Polonia y vivió sus años formativos en México. Estudió en la Universidad McGill en Montreal y tiene una maestría en traducción inglés-español de la Universidad de Ottawa. Vive en Ottawa desde 1997. Recientemente ha colaborado con varios cuentos al segmento «Como vives tu ciudad» del programa de radio Amanecer Ranchero. También escribe y traduce poemas. p. 39

Marianne Locht
Ciudad de México. Licenciada en Ciencias de la comunicación. Como periodista ha trabajado en radio, prensa y televisión en México y Alemania. Desde hace una década vive en Montreal, fuente de inspiración para sus escritos y videos. En 2017 produjo una serie documental para el municipio montrealés de Pierrefonds-Roxoboro. En 2019 participó con un cuento, en la antología *Historias de Montreal.* p. 42

Martha Bátiz
Autora de las colecciones de cuentos *A todos los voy a matar, De tránsito* y *Plaza Requiem: Stories at the Edge of Ordinary Lives,* y la novela corta *Boca de Lobo,* traducida al inglés y francés. Editora de *Desde el norte: narrativa canadiense contemporánea* (UAM, 2015), e integrante del comité editorial de *Historias de Toronto* e *Historias de Montreal.* Doctora en literatura, profesora y traductora. p. 95

Mirta Casañas
Escritora Cubana. Doctora en ciencias filosóficas. investigadora, consultante y conferencista en diversas universidades de México, Colom-

bia, Venezuela, Bolivia y Cuba. Ha publicado sobre el pensamiento filosófico cubano y latinoamericano entre otros temas. Fue profesora de historia de la filosofía. Ha publicado las novelas *Reflexiones frente al espejo* (2007) y *Crónica de un desencanto* (Ed. Mapalé, 2019). Actualmente vive en Canadá. p. 30, 31

Nando Moreno

Sin estudios en letras, con un corto curso de redacción y someros talleres literarios, a fines de los noventa deja Chile para instalarse en Montreal. A los cuarenta años se lanza en una pequeña cruzada literaria que arroja como resultado una docena de cuentos y dos novelas de las cuales sólo la primera será editada. *El olvido* es su primer microrrelato. p. 49

Patricia Morales Betancourt

Arquitecta y artista multidisciplinaria. Es colombo-canadiense, miembro de las principales organizaciones profesionales de Quebec: la AQM, el RAAV, la DAM y la UNEQ. Recibió el Premio de la familia, de la Orden Laurentiens y el premio pionero Desjardins, 2018. Ha sido profesora, empresaria y la fundadora de la empresa *l'Atelier en boîte*, con sede en Montreal. Ha publicado cinco cuentos para niños y una novela. p. 75

Ramón Fexas

Informático de profesión y escritor de vocación. Participó en talleres de creación poética dirigidos por Óscar Oliva y de cuento con Juan de la Cabada. Ha sido colaborador del periódico *Eco Latino* de Ottawa, siendo el autor de las rúbricas *Parnaso fugaz*, *Deambulares*, *Brújula informática*, *Butaca* y *Bitácora chiapaneca*. Fue redactor del *Peregrino*, maestro de historia en una escuela comunitaria y colaborador en los programas de radio Onda Latina y Amanecer Ranchero de Ottawa. p. 85

Ricardo G. Tovark

Guadalajara, México 1963. Cursó estudios en la Universidad de Guadalajara y desempeñó diversos oficios relacionados con las artes plásticas. Dirige el taller de teatro de la Asociación Fraternidad Hispana y ha escrito obras de teatro, poesía y relatos breves. Vive en Canadá desde 2007 y actualmente reside en la ciudad de Hamilton, Ontario. p. 37

Roxana Orué
Escritora peruano-canadiense, directora de Editorial Artística y autora de poemas, ensayos, cuentos, biografía y crítica literaria. Cuenta con más de sesenta publicaciones. *A través de mis recuerdos* (2014) fue su primer libro. *A tres manos* (2016), en coautoría con Ramón Sepúlveda y Carlos Andrés Torres, fue galardonado en el *International Latino Book Awards* en Estados Unidos. Otras de sus obras han sido premiadas en concursos nacionales e internacionales. Recibió reconocimientos del alcalde de Ottawa por su contribución a la literatura. pp. 77, 79

Yannis Lobaina
Narradora y cineasta cubana. Estudió en la Escuela Internacional de Cine, Radio y Televisión. Es graduada del VII Curso de Formación Literaria «Onelio Jorge Cardoso». Sus cuentos están publicados en revistas literarias de varios países, tales como: *Revista Quimera* y *Paralelo Sur* (Barcelona) y *Revista Isliada* (La Habana). En Toronto ha sido merecedora dos veces del *RBC Arts Access Award* por *Toronto Arts Foundation* y obtuvo la beca para recién llegados del *Toronto Arts Council.* p. 43

Zeyda R. Santana
La Habana, Cuba 1979. Bióloga, autora y diseñadora gráfica establecida en Canadá desde 2010. Ha escrito e ilustrado, entre otros textos, la novela infantil *Malory y el pescado que sabía demasiado* (2011), la colección de poemas filosóficos *Lessons from my cats / Ce que mes chats m'ont appris* (2018), y *Un paseo por La Habana / Une promenade à La Havane* (2019). p. 17

AUTORES LATINOAMERICANOS NO CANADIENSES

Andrés Vinueza Sánchez
Ecuador, 1983. Aficionado a la escritura y a la lectura; especialmente al género de ciencia ficción, gracias a las historias de Isaac Asimov. Su pasión a la lectura empezó gracias a su padre quien se la inculcó. A su madre le debe la sutileza y paciencia de escribir. Algunos de sus escritos han sido publicados en concursos realizados en España, gracias a que su esposa y sus primos lo han animado a participar. p. 106

Daniel Frini
Argentina, 1963. Ha participado en varias antologías en diversos idiomas. Publicó *Poemas de Adriana*, *Manual de autoayuda para fantasmas*, *El Diluvio Universal y otros efectos especiales* y *Nueve hombres que murieron en Borneo*. Ha obtenido varios premios. El más reciente es el Primer Premio del III Concurso Microrrelato Ilustrado Universidad de Jaén (2019). pp. 107, 108

Gloria Matilde Orrego Q.
Psicóloga gestáltica y payamédica colombiana. Desde niña ha escrito cuentos. Trabajó desde la secundaria como *freelance* escribiendo cuentos, ensayos y cartas de amor y desamor adolescente. Continúa escribiendo en varios géneros. p. 109

Iván Medina Castro
Licenciado en Relaciones Internacionales, diplomado en Creación Literaria, y especialista en Literatura mexicana. Profesor de Crítica y creación literaria; Autor de *Saqueador de tumbas* (2008), *Espíritus de paz* (2010), *En cualquier lugar fuera de este mundo* (2012), *Más frío que la muerte* (2017) y *Lugares ajenos* (2019). Algunos de sus cuentos han sido galardonados en concursos literarios en México, Estados Unidos y Canadá y han sido incluidos en antologías de Argentina, Colombia, España, Estados Unidos y México. Colabora en la sección cultural del diario *La voz de Michoacán* y está en la maestría de Estudios Literarios en la UAEM. pp. 110, 111

Jhonatan Salazar Achig
Quito, Ecuador, 1989. Licenciado en Comunicación Social de la Universidad Central del Ecuador. Magister en Filosofía y Pensamiento Social en la Facultad Latinoamericana de Ciencias Sociales FLACSO. Algunos cuentos suyos se incluyeron en la antología del CCE *Tumor* (2014). Publicó su novela *Bur-bu-jas* (Ed. Ápeiron Ediciones de España, 2018), la cual obtuvo el Premio Universidad Central del Ecuador 2019. p. 117

Kalton Bruhl
Honduras, 1976. Ha publicado libros de relatos: *El último vagón* (2013), *Un nombre para el olvido* (2014), *La dama en el café y otros misterios* (2014), *Donde le dije adiós* (2014), *Sin vuelta atrás* (2015), *La intimidad de los Recuerdos* (2017), *El visitante y otros cuentos de terror* (2018), *La llamada* (2019); y la novela *La mente dividida* (2014). Es premio Nacional de Literatura «Ramón Rosa» y miembro de número de la Academia Hondureña de la Lengua, correspondiente de la Real Academia de la Lengua. p. 112

Marco Silva
Escritor ecuatoriano con Máster en Estudios Superiores en Literatura Española e Hispanoamericana de la Universidad de Barcelona. Obtuvo el segundo lugar en el Concurso Nacional de Excelencia Pedagógica, Riobamba 2004. Mejor Egresado de la Escuela Lengua y Literatura de la Universidad Nacional de Chimborazo, Riobamba 2004-2005. También obtuvo el primer lugar en el Concurso Nacional de Cuento Ilustrado Soñadores del Ferrocarril, Riobamba, 2008 y tercer lugar en el mismo concurso, Quito, 2009. p. 113

María Elena Lorenzin
Escritora argentina. Licenciada en Letras, Universidad Nacional de Cuyo, Mendoza y doctorada en la Universidad de Flinders, Australia. Ha publicado *Microsueños* (2008) y *Parricidio y otras calamidades* (2018) ambos en Asterión Ediciones. Sus microrrelatos han sido recogidos en diversas antologías de los Estados Unidos, Canadá, Europa y Latinoamérica. p. 116

María Laura Burattini
Argentina, 1968. Escritora, abogada, docente universitaria y funcionaria pública en el área del Derecho Aduanero. Sus textos forman parte de numerosas antologías en Argentina, Canadá, España y otros países. Colabora en la publicación *Lectures d'Argentine - Auteurs d'Argentine du XXIe. Siécle*, que forma parte del proyecto cultural *Lectures d'ailleurs* de la Universidad de Poitiers (Francia). Es invitada frecuente a ciclos de lectura, ha recibido varios premios nacionales e internacionales en narrativa y poesía. Su primer poemario *El fondo de la caja* fue publicado por Ediciones en Danza en Buenos Aires. pp. 114, 115

Copyright © 2020
Published in Canada
by
Art and Literature Mapalé & Publishing Inc.
www.EditorialMapale.com

MIX
Paper from
responsible sources
FSC® C100212

Printed in June 2020
by Gauvin Press,
Gatineau, Québec